マドンナメイト文庫

幼唇いじり ひどいこと、しないで……

瀧水しとね

目次

contents

第1章　密かに息づく幼い秘裂……7
第2章　晒された純白ショーツ……44
第3章　いけない恥裂いじり……97
第4章　少女に目覚める被虐心……143
第5章　犯された純粋なアナル……228

幼唇いじり　ひどいこと、しないで……

倉垣　奈々香

市立[redacted]中等部二年

１回２万円でＯＫ

第一章　密かに息づく幼い秘裂

じわじわと額に汗がにじむ。

半袖セーラー服の中は、素肌が熱気に包まれているようだ。

白と紺色の清楚なコントラストが映える制服の下では、純白のAカップブラジャーとショーツが、ほのかに汗ばんでいた。

ローファーの足を踏み出すたびに、奈々香《ななか》の鼓動が高鳴っていく。

(ドキドキする……だって、こんなこと、初めてだもん……)

進行方向に立つ人々を、なんとかすり抜けて、とてとてと黒いローファーを急がせる。黒目がちな大きな瞳は不安の色に染まっていて、淋しげな小犬を思わせる。淡い桜色の唇からは心配そうな息を、忙《せわ》しげに吐き出していた。

どちらかというと活発なほうではなく、物静かなタイプの美少女だった。

セーラーの後ろ襟に少しかかったセミロングの黒髪は、艶《つや》やかに波打ち、ほんのりと柑橘系を思わせる香りを後ろに漂わせていく。

遅れるのはよくない。

そう思っていても、ついドタキャンして逃げ出したくなる。

そんな思いで、大型書店の中を進んでいくのは、おそらく彼女だけかもしれない。

いつもの通学路からかなり離れた、めったに来ない都会の大きな本屋に来ていることも、不安の一つだった。

ターミナル駅から徒歩一分と好立地の書店は混み合っていた。平日の夕方五時半前。右手に握るスマホの画面で、セーラー服の美少女は現在時刻を確認する。

遅れていないことを確認した中等生の奈々香は、あどけなく端正で大人しそうな顔を、不安と緊張で曇らせていた。

整った前髪が軽やかなカーブを描き、ふわりとおでこを隠している。大人しげで愛らしい大きな瞳は、今はなにかを探すように不安げに周囲を見回している。透明感のある桜色で小さな唇は、心細そうに少しだけ開いている。

いつも読んでいるジュニア向けのファッション誌の棚を、横目でちらりと見る。急いでいなければ立ち読みできたのにと、少し後ろ髪を引かれつつ、先を急ぐ。

セーラー服の少女が天井から下げられた案内板を見つけ、立ち止まった。

立ち読みをする人々の隙間から、本棚を覗き見る。

何冊もの月刊誌が表紙を見せて陳列されている。奈々香は、ひとつひとつB5判の雑誌名を目で追っていく。

（……あっ……あった……）

セーラー服の少女は小声で「すみません、すみません」と謝りながら、きゃしゃな肩で人混みを遠慮がちに搔き分ける。

スーツ姿の男性の間に、小柄な少女の肢体が潜り込む。セーラー服に包まれた控えめな胸やお尻を成年男性に無警戒にもこすりつけて、分け入っていく。

発育途中の胸にY字に結ばれた、えんじ色のリボンタイがほどけそうになる。

行く手を遮《さえぎ》る男たちは無関心を装いながらも、わざと奈々香の身体に腕や肘を押し当てているように思えた。

目的の月刊誌へ少女は、じり、じりと距離を縮めていく。

奈々香が搔き分けて入った人混みの先には、背の低い老婆が周りの人達にしわがれた声で何やらお願いをしていた。

どうやら、目的の雑誌に手が届かないらしい。けれど周りの背の高い男性客たちは、気づかないのか、知らんぷりをしている。

「……あのぅ、おばあさん、どの本ですか？」

やわらかな笑顔を浮かべ奈々香は、少しはにかんだ声で尋ねた。

ちょっと首を傾けて、背の低い老婆を見つめる。セミロングの黒髪が、さらさらと彼女のうなじを流れていく。不安を隠した黒目がちの瞳が、優しげに潤んでいる。

「……えっと……これ、ですか？」

老婆が震える指先で差す雑誌が、どれかわからない。

奈々香は書棚の左上端から一冊ずつ雑誌を指差して行って、「これですか？……じゃあ、これですか？」と丁寧に老婆に訊《き》いていく。

四冊目で、やっと老婆の欲しかった雑誌に辿《たど》り着いた。

でも身長の低い奈々香にとって、書棚は僅《わず》かに遠かった。

「ふぅっ、んっ、んんぅ〜っ………」

可愛らしくも、どこか艶っぽい声を鼻から抜けさせて、奈々香は目的の雑誌へと懸命に腕を伸ばす。

知らん顔をしていた男性客数人が、ちらりと制服の美少女を盗み見る。

真っ白なセーラー服の裾が引っ張り上げられ、紺色のスカートの巻きついた細腰の瑞々《みずみず》しい素肌が、無防備に露出していた。なだらかなお腹は、縦に真っ直ぐうっすらとくぼみ、スカートのウエスト部分からは、微かにおへそが顔を見せている。

白いセーラー服の裾と紺のスカートの間から覗く、穢れを知らない思春期の白い柔肌の未発達なくびれに、立ち読みの男たちの目が引きつけられる。

大真面目に伸びをしている少女の退路を断つように、いつの間にか彼女の背後に男たちが集まってきていた。

目的の月刊誌をやっとのことで摑《つか》んだ奈々香は、照れ隠しの微笑みを見せて、老婆に雑誌を手渡す。親切な少女に礼を言って、老婆はレジへと向かっていった。

老婆を見送ったあと再び奈々香は書棚に腕を伸ばした。

「ふぅ、ん、んん……っ」

またも可愛らしい声を無意識で漏らしつつ、雑誌に幼さの残る手を伸ばす。

小さな丸いお尻をちょっと突き出すと、紺色のスカートの裾が、くいと持ち上がった。

脚を揃えてつま先立ち、小さくぷるぷると身体が震えている。

た。健康的で滑らかな二つの膝の裏が覗く。

（……も、もう、ちょっと、なのに……）

膝丈のスカートが丸く可愛らしいお尻に持ち上げられて、隙だらけの裾がゆらゆらと揺れている。揺れるプリーツスカートの下から、まだ肉づきの薄い二本の太ももが健気《けなげ》に白く伸びている。

背後に立っていた男の一人が、こっそりポケットからスマホを取り出した。

セーラー服の裾から素肌を覗かせて奈々香が手に取ったのは、老婆に渡したのと同じクロスワードの雑誌だった。

しかし、彼女は文字を読むでもなくペラリペラリと、ただページをめくっていく。

その瞳は、ただ虚《うつ》ろに紙面を映しているだけだった。

行儀よく真っ直ぐ脚を揃えて立っているが、微かに小さく震えていた。

丸く控えめに膨らんだふくらはぎは、滑らかにつるりと張りつめている。それを包み込む紺色のソックス。四本脚の草食動物のワンポイントがあしらわれている。

ふくらはぎの上には、滑らかにへこんだ膝の裏。ときおり細い筋がぴく、ぴくと緊張を隠せずに震えている。

不安そうにくっつけた膝から、上に行くに連れて次第に穏やかに太ももは膨らんでいき、スカートの中へと続いている。まだ成長途中だが、それでも充分に丸みを帯び、白く健《すこ》やかな素肌が艶《なま》めかしい。

引き締まって小ぶりなお尻は、制服の下で丸く存在感を示し、スカートの裾を魅惑的に持ち上げている。紺色のプリーツスカートの中には、しっとりと少女の汗を吸った下着が、楚々《そそ》とした割れ目を包み隠していた。

美少女の紺スカートと太ももの間には、秘密の暗闇が存在している。その暗がりを狙って、スマホの背面がゆっくりと水平に近づいていく。

（……もう……クロスワードなんて、立ち読みで読むものじゃないのに……）

奈々香は背後に気づいていない。

右手に情報端末を持ったままセーラー服の少女は、再びページを最初からめくり始める。緊張と不安で雑誌の内容が全然頭に入ってこない。

この大型書店で目印のクロスワード雑誌を手にして待つ、という約束をしていた。連絡をしてきた男から何を要求されるのか、十代の少女は不安でたまらなかった。

背後の男の行動など、まったく奈々香は気にする余裕がなかった。

水平に差し出されていくスマホのカメラは、パリッとした夏服の薄い紺スカートの裾の下をくぐり抜ける。

スカートの暗がりの奥には、強《こわ》ばって密着した二本の健康そうな太ももと、その上のふっくらと下着を纏ったお尻がぼんやりと白く実っていた。

ぴったりくっつけた太ももの間に、幼い陰唇が挟まれている。

背後の中年男は、僅かにスマホのレンズを左に、そして右にと、じわじわと傾け、スカートの中をじっくりと録画している。

しばらくして、悠々と盗撮していた端末が少女のスカートから水平に離れていく。間を置かずに奈々香のスマホが震えて、着信を知らせる。連絡がなくて不安だった奈々香は、急いで右手に持ったままの情報端末の画面を確認した。

送信者の名前には『鯰江《なまずえ》さん』と表示されている。

『右に半歩ずれなさい』

命令のようなメッセージが届いていた。すでに近くに、鯰江と名乗る男は来ているらしい。奈々香はおどおどと左右に目を向ける。

知らない男性客ばかりで、知っている顔は見当たらない。

(えっ？　なに、どういうこと……？　ここで待ち合わせじゃなかったの？)

不安ながらも奈々香は、周りに遠慮しつつ右に半歩移動する。

『少しだけ脚を開いて立ちなさい』

間を置かず、鯰江からのメッセージが着信する。

奈々香はきゅっと膝をこすり合わせていた。どうやら、本当に近くで彼女を見ているらしい。

震えが止まらない脚を、おずおずと少しだけ開いて立つ。けれど、どうしても太ももは閉じたままで、膝下だけハの字に開けた格好《かっこう》になった。

『そのまま大人しくしていなさい。声を出したり、後ろを向いてはダメですよ』

納得してもらえたのか、鯰江からの新しい指示が着信する。

「ひぃうっ⁉」

一五〇センチ足らずの小柄な少女の身体がビクンと跳ねる。思わず変な声を出してしまった。

背の高い男性客に囲まれた中で、奈々香は頬を染めて慌ててうつむく。ふいに背筋を下から上へと、すぅーっと真っ直ぐになぞられて、声をあげてしまったのだ。誰かの指だったたような気がする……。

振り向いて背後を確認したいが、全然知らない人だと気まずい。モヤモヤした気持ちのまま、奈々香は足下を見つめて耐えることにした。

背後の中年男の指先が、再び少女のセーラー服の背中に近づいていく。

跳ねた毛のない、さらさらなストレートの黒髪が、セーラーの後ろ襟に半分ほどかかっている。

白線が二本入った紺色の後ろ襟に、男の指がそっと触れる。今度は下に向かって、ゆっくり、ゆっくり、下がっていく。

夏服の薄く白い生地越しに、純白のブラジャーのラインがくっきりと透けて見えていた。下りていく男の指先が、ブラのホックの段差に僅かに引っかかる。

十代の無垢な素肌を、シンプルなブラのストラップが適度に締めつけている。

「……ひぅぅ……」

奈々香の抑えた声が漏れる。小柄な身体を一層小さくして、怯えている。

（……い、い、いや……、ど、どうして……こ、こんなこと……）

得体の知れない誰かの指が、自分の身体に触れている――無神経な誰かに自分の部屋へ強引に押し入られたような恐怖を、奈々香は感じていた。

怖くて、震えが止まらない。

「声を出したら周りの人に迷惑ですよ」

また鯰江からのメッセージかと思ったが、その低い声は奈々香のすぐ後ろから囁《ささや》かれた。鯰江は、ずっと奈々香の後ろで、少女の様子をほくそ笑んで見ていた。

「……ど、どうして、こんなこ……」

奈々香は振り向いて小声で、背後の男に疑問を投げかけようとした。そのとき、またスマホが着信を知らせて震える。

『声を出してはダメです。僕の言うことが聞けないんですか？』

うつむき気味に奈々香は情報端末のメッセージを読む。紳士的なのに威圧的な態度。最初に遭遇《あ》ったときから、ずっとそうだった。

言いたいことはいろいろあるが、ローティーンの美少女は諦めて大人しく黙り込む。鯰江には逆らえない、という思いと、とりあえずは約束どおりに来ていた、という安心感が、そうさせていた。

「……んぅっ……、ん、んんっ……」

少女の小さな鼻腔から、健気に堪《こら》えた声が漏れる。

背後の男の太い指が、奈々香のするりとした腰を撫でていた。まだ男に媚びることを知らない、やんわりとくびれ始めた薄くて細いウエスト回りを、さわさわ、とさすっている。

くすぐったいような、気持ち悪いような感覚に、セーラー服の少女は、つい、ぎこちなく身をよじってしまう。

（あっ、だ、だめ……関係ない周りの人に迷惑かけちゃう……）

思い直して、奈々香は身体が動いてしまうのを、懸命に抑えようとする。そんな少女の心情を知ってか知らずか、鯰江は顔をニヤつかせて、可憐な少女の柔肌の感触を楽しんでいる。

糊の利いた白いセーラー服の裾の下から両手を滑り込ませて、貴重な壺にでも触れるように、指先で少女の肌を撫で回す。奈々香の腰は、ぴく、ぴくっと、ときおり、しゃっくりのように震えた。

小さな口をきゅっと結び、困惑と恐怖の入り混じった瞳で奈々香は自分の腹部あたりを見つめる。制服の下に入り込んだ鯰江の両手の熱が伝わってくる。太い指の手の平が、少女の素肌に密着していた。

（し、信じられない……人の多い本屋で、こんなことをするなんて……）

何冊もの雑誌が表紙を見せて陳列されている書棚は背が高く、反対側からは小さい奈々香はまず見えない。彼女の周りには背の高い男性たちが立っていて、横からもほぼ目視されることはない。

かなりあとで奈々香は薄々気づくことになるが、彼女の周りに立つ男たちは全員、鯰江の仲間だった。周囲の目を顧《かえり》みず、大声で誰かに助けを求めない限り、脱出は不可能だった。

けれど、控えめな性格の奈々香は、そんな無神経な行為は躊躇《ちゅうちょ》してしまう。人の目を気にしてしまう。おまけに、このいやらしい鯰江に弱みを握られているので、言いなりになるしかなかった。

二日前の帰宅時。

正面から突っ込んできた電動アシスト自転車を、奈々香は避けようとした。三人乗りの電動自転車は、一切ブレーキをかけずに、狭い歩道を逆走してきた。

正面には爆走自転車、すぐ横には電柱が邪魔をするかのように直立している。電柱の横に、二人分のすれ違うスペースは無い。

自転車に乗っていた奈々香は、迷わず自然に停まって避ける。

子供を二人乗せた主婦はイヤホンをしたまま、奈々香に目もくれずに走り抜ける。後ろに乗せられた子供の靴が、奈々香のセーラー服を蹴っていった。

ちょっと嫌な気分になった少女は、ぱんぱんっと自らの制服をはたく。それから深呼吸を一回して、スカートを押さえつつ、再び股間をサドルに載せた。

そのとき、少し自転車が後ろに下がったのだろう。ガコッという不吉な音が、奈々香の後ろから響いた。

嫌な予感がして振り向くと、彼女の後ろには自動車が歩道に乗り上げ、停まろうとしていた。

堂々とした黒塗りのドイツ製高級車。その車の前のフェンダーあたりに傷がついていた。奈々香の自転車が当たった傷だった。

名前と住所と電話番号と学校名を訊《き》かれた。奈々香は偽《いつわ》らずに、正直に答えた。

運転していた中年男は、警察には通報しない、と言ってくれた。しかし、修理代は払わなければならない。

だいたい全部で三十万円くらいかかるだろうねぇ、と高級車の持ち主は、目安を言ってきた。

なんとかならない金額ではなさそうだが、中等部二年生の奈々香の貯金では、まったく足りない。

修理の正式な見積もり金額を教えてもらうために、きょう、大型書店で待ち合わせをすることになっていた。

実はまだ、奈々香は両親には言っていない。叱られるのが嫌だった。親と一緒に、高級車の持ち主に謝りに行くのが嫌だった。十代の小さなプライドだった。できるだけ、自分一人の力で、なんとかしたかった。

その高級車の持ち主が鯰江だった。

奈々香は逃げ出せない。しかも、逆らえない。

車に当てたことを、親にも学校にも知られたくなかった。それほど大きな罪ではないものの、問題を起こした子だと思われたくなかった。

「……あ、あ、あの……こんなこと、しないで、くだ、さい……早く用事を……んぅうっ……」

周りの人たちに聞こえないように、小声で後ろの男に囁く。奈々香は早く要件を済ませて、この場を離れたかった。

一応、自分が加害者の立場だとわかっていても、いかがわしいことをする中年男とは早く縁を切りたかった。しかし、

「ちょっと待ってくださいよ。僕が本を探す時間くらいあるでしょう?」

セーラー服の美少女の腰回りを撫でながら、鯰江は低い声で返答する。だが、何かの書籍を探しているようには見えない。

鯰江は女子中等生の背中に密着したままで、動くつもりはないらしい。

と、奈々香の頭頂部に、ごつっと硬くて重いものが当たった。ぐりぐり押しつけてくる。地味に痛い。

背の低い奈々香の頭に、鯰江は顎を乗せていた。綺麗に整えられた少女の頭頂部は、

アルコールランプのキャップのように丸かった。

「……や、やめて、ください……」

控えめな声で、奈々香は拒否する。

「んん？　本を探しているだけですが？　いいですよね？」

鯰江は女子中等生の頭頂部に、顎を乗せたまま問いかける。男の低い声が頭のてっぺんから響く。

しかも、生温かい息が髪の奥の頭皮にまで吹きかかってくる。

背後の中年男は、奈々香のつむじに鼻先を押しつけ、息を荒くしていた。シャンプーの爽やかな香りと、少女のほのかな汗の匂いを何度も吸い込んでいる。

「…………んぅう……」

奈々香は返事に困る。

いい、とも、いけない、とも答えづらい。誤解を招きやすい返答になる、と咄嗟《とっさ》に感づいた。物静かな性格の奈々香だが、利発な面も持っていた。

太った身体を前屈《かが》みにして、鯰江は女子中等生に覆い被さる。前が膨らみ始めた下半身を小さなお尻に押しつけようとするが、少女の身体が小柄で僅かに届かない。

逃げ場をなくした奈々香は、泣き出しそうな瞳で自分の腰の辺りを見つめる。制服の下では、中年男の手が素肌を撫で回していた。

本当は、今すぐにでも逃げ出したい。

けれど、そうすると、もっと問題が大きくなる可能性がある。

奈々香は小さい身体を一層小さくさせて怯えている。逃げ出すことも選択できずに、ただ怯えている。

そんな様子を見た鯰江は、にたぁと目尻を下げて、少女の耳元に顔を近づけた。

「くふふ、まぁ、いいでしょう。本を探す間、大人しく待っていなさいね」

未成熟な少女の腰回りを撫でつつ、奈々香の耳元に小声で命令する。

クロスワードの雑誌を手にしたまま、セーラー服の美少女は言いなりになるしかなかった。

いかにも清純そうな夏服のセーラー服の裾が、少しずり上げられる。溶けかけたバニラアイスのような、滑らかな少女の肌が露出する。おへその上あたりを中年男の手が、ゆるゆるとまさぐっている。

「……んんっ、……んぅぅぅ……」

ヘンな声が出ないように、奈々香は懸命に堪《こら》えている。背中にのしかかる中年男の体重と体温と体臭。暑苦しい。酸っぱいような汗の臭いが、少女の鼻腔に吸い込まれる。

（……こ、これが……オトナの、男の人の匂い……）

学校にも男性教師はいるが、ここまで身体を密着させられることはなかった。

奈々香は、まだ痴漢に遭《あ》ったことがない。

窮屈で蒸し暑い満員電車に乗る必要が、今までになかった。学校は家から少し距離があるので、自転車で通学している。

奈々香は成人男性の暑苦しく重い身体を、初めて体感していた。

細く真っ直ぐで艶やかな黒髪を、鯰江の太い指先がゆっくり掻き上げる。

清楚で爽やかなシャンプーの香りが漂い、白く可愛らしい陶器のような耳が髪の下から現れる。

ふぅっ、と男が熱く湿った息を、耳穴に吹きかけた。

「ひぃうっ……」

びくんっと小さな身体を弾ませて、奈々香は驚く。セーラー服の下から、少女特有の甘い香りが匂い立つ。

「くふふ、声を出してはダメですよ。言ったでしょう」

耳のすぐ近くで、男が低い声で注意する。吐息がまた吹きかかって、奈々香は反射的にビクンッと震える。

ちょっとアヒルっぽい小さな口を強く結んで、こくこくと頷《うなず》いてみせる。可憐な耳が、次第に赤く染まってくる。

（……は、恥ずかしいぃ……周りの男の人たちにも、わたしの恥ずかしい姿は見られているはず……どうして、誰も助けてくれないの……？）

見知らぬ男たちに囲まれて、奈々香は絶望感に震えた。

「ひっ……」

少女の全身に、ぞわぞわっと一瞬で悪寒《おかん》が走る。背後の鯰江が、奈々香の耳にしゃぶりついていた。ツブ貝のようにやわらかな耳の縁を甘噛みしている。

「……ゃ、やめて、くだ、さいぃ……」

周りの人たちに聞こえないように、小声で奈々香は拒絶する。

「大人しくしていなさい、というのが、わからないのですか？」

背後の中年男は冷静に、しかも楽しそうに少女の耳に囁く。

男の太い指先が、スカートのウエスト部分に侵入する。少し潜り込むと指先を、くっと曲げた。

「んぅっ……」

ローティーンの可愛らしい鼻から、艶っぽい甘えるような声を漏らしてしまう。男の太い指先が、形のいい縦長のおへそにねじ込まれていた。

セーラー服の美少女は、身動きが取れないながらも、身をよじろうとする。だが、男の両手が腰を摑《つか》み、左耳をしゃぶられていて、思うように動けない。

あどけない少女の反応を楽しむように、鯰江は指先を、ぐりぐりと小刻みに振動させる。耐えきれずに奈々香は、ぎこちなく身体をくねらせる。

少女の甘い体臭がやわらかく香る。

「んくっ……ん、んんっ……」

中年男に覆い被さられた奈々香は、暑くて怖くて泣き出しそうになる。こんな場所に来たことを後悔していた。

おへそをいじり回す男の指から逃げようと、奈々香は無意識に腰を引く。

紺スカートの下の慎《つつ》ましやかで小ぶりなお尻が、中年男の下腹部に押しつけられる。

少女のお尻に当たるように、鯰江は若干腰を落として位置を合わせていた。

そんな男の下心など知らずに奈々香は、無防備に、くい、くいと無垢なお尻を押し当てている。本人は、男の卑猥な指先から、ただ逃げているつもりだった。

奈々香はお尻に、妙な弾力のあるものを感じた。

芯は硬いようだが、でも表面は硬くない、筋肉のようなもの。

（…………‼）

思春期の少女は、信じられない答えに辿《たど》り着いてしまう。

鯰江のズボンの前が、少し膨らんでいた。

女子だけの保健の授業や、レディスコミックで、中等部女子でも知識としては知っている。ただし、実物は見たことが無い。

中等生の奈々香は、もちろん処女だった。

男性生殖器を、現実では見たことも触ったことも無い。そんないかがわしいものに、都会の書店で遭遇するとは思ってもみなかった。

「そんなにお尻をこすりつけたら、おじさん、興奮してしまいますよ」

ウブな少女の耳元で鯰江が、からかうように囁く。

男は相変わらず、端正なおへそに指を突っ込み、清楚な耳を舐めている。

（……っ！　そ、そんなつもりじゃないのに……なんて、いやらしいことを言うの？）

咄嗟に奈々香は、突き出していたお尻を戻そうとした。けれど、いまだにぐりぐりと男の指がおへそに押し込まれている。

逃げ場のない少女のお尻は、迷うように左右にくねる。緊張した二つの尻肉が男のペニスの上を、右に左に何度もこすって往復する。

それが、さらに男を悦ばせる行為だと、奈々香は知らなかった。

「くふふ、奈々香ちゃん、意外と積極的なんですねぇ。なんだったら、ここで挿《い》入れてあげましょうか？」

中等部の女子にとっては、よくわからないことを耳元で告げられる。

性行為が本屋で立ってできる、なんて聞いたことが無い。何を言ってるの？　と奈々香は不審そうな視線を向けようとする。けれども中年男の顔は、少女の耳にしゃぶりついていて、よく見えない。

返答に困る様子を見て誤解したのか、鯰江は空いている左手を、少女の太ももに伸ばす。紺スカートの裾をたくし上げ、開いた手をべったり張りつかせる。

美少女の太ももは緊張のためか、少しひんやりしていた。中年男は滑らかな内ももに太い指を這わせて、さすりながら次第に股の付け根を目指していく。

「……やっ……」

押し殺した小さな悲鳴を漏らし、奈々香は片手でスカートを押さえる。もう片方の手は、まだクロスワードの雑誌を持ったままだった。

「ゃ、やめて、くだ、さい……」

吐息めいた声で奈々香は嫌がる。

（い、いくらなんでも、こんなの、ひどい……）

大人しい奈々香でも、さすがに逃げ出すことを考える。首だけを少し後ろにひねって、鯰江の顔と反対側の背後に視線を向ける。

見知らぬ若い男と目が合った。元ヤンキーだった某男性タレントに似ている。

その男は、出し抜けになにか怒鳴りそうな口を開けたまま首を斜めに傾《かし》げ、威圧的な視線で奈々香を見下ろしていた。やや垂れ目なのが、余計に陰険で怖く見える。

慌てて十代の女子は目を逸らす。関わってはいけない人種だと、本能が警報を鳴らしている。でも、もう逃げ出せないかもしれない。

「嫌がってるふりなんて、しなくていいですよ。すぐに気持ちよくなりますから」

背後の中年男の左手が、少女の内ももの感触を執拗に楽しんでいる。泣く子供をあやすように、上下にゆっくり撫でさすっている。

「……オ、オトナの人が……人の嫌がること、しちゃダメ、です……」

途切れ途切れに、奈々香は中年男を非難する言葉を紡ぎ出す。大人の男たちに囲まれて、小声で精一杯の抵抗をする。

「くふふっ、人の嫌がることをするのは、楽しいに決まってるじゃないですか。大人に、そんなキレイ事は通用しませんよ」

開き直ったようなことを、低い声で囁きかける。

（……ダ、ダメだわ……こんな人、もう、どうしようもない……なんで、わたし、こんな人に遭っちゃったの……）

絶望に奈々香の視線が下に落ちる。ずっと手に持ったままの月刊誌が目に入る。まったく興味のない雑誌は、書棚に戻すべきかもしれない。

しかし、知らない間に指に力が入っていたのか、表紙には折り目がついてしまっていた。原因が鯰江のせいとは言え、傷物にしてしまった雑誌を、元に戻すのは気が引けた。

どうしよう……と小さな罪に悩む美少女の身体を、いやらしく中年男の手がまさぐっている。

小ぶりなお尻に下半身をぐいぐい押しつけ、頼りないウエストを撫で回している。

鯰江のいやらしい舌は、奈々香の頬あたりまで伸びており、同時に紺スカートの中の太ももをさすっていた。

（こんな人の多い本屋で、どうして誰も、わたしのことに気づいてくれないの……？どうして、こんなひどい目に遭うの……？　お願い、誰か、助けてよ……）

眉根を寄せて、奈々香はあどけない顔を苦悶に歪ませる。できるだけ男の手から逃れようと、しかし遠慮がちに小さな身体をくねらせる。

ウエスト部分に大きな右手が潜り込み、おへそをいじりつつ、次第に下へと移動していく。すべすべの内ももを撫でる左手がめくり上げたスカートからは、もう少しで下着が見えそうになっている。

ローティーンの美少女の秘部に、中年男の手が上下から近づく。

さすがに我慢できずに、セーラー服の少女は空いた手で男の手を制止しようとする。よく知らない中年男性の肌に触れることを、奈々香はずっとためらっていた。

スカートの上から男の手を押さえつける。

「……ゃ、やめて……くだ、さい……、お、お願い、です、から……」

吐息の混じった掠《かす》れた声で奈々香は懇願する。股間に迫ってくる男の手をスカート越しに摑む。

「奈々香ちゃんが悪いんですよ。そんな、痛めつけたくなる可愛い顔をしてるから」

耳元に中年男の熱く湿った吐息が、何度もかかる。

ぞくっと寒気が走り、思わず奈々香は目を眇《すが》めて、きゃしゃな肩をすくめる。

必死にスカートを押さえているが、男の腕力には敵《かな》わない。じりじりと、男の太い手が少女の股の付け根に近づいていく。

奈々香は中腰に近い体勢になって、懸命に鯰江の手から逃れようとする。お尻には中年男の下半身が当たっていて気持ち悪いが、女の子の大事な場所を守ることを優先した。

「くふふ、中等生のくせに、色っぽい顔をしますねぇ。本当に奈々香ちゃんを犯してみたくなりましたよ」

そんなつもりは一切ないのに、さらに中年男を昂《たかぶ》らせてしまう。

セーラー服の美少女というだけでも、充分に可愛らしくて淫靡なのに、掠れた小声で健気に身体をくねらせているから、なおさらだった。

「……い、いゃ……いやぁ……や、やめて……」

大声で誰かに助けを求めたくなる。けれど、こんなときでも奈々香は声を抑えてしまう。猥褻なことをされるのはもちろん嫌だが、こんな場所を誰かに見つかってしまうのも嫌だった。

目立つのは、とても恥ずかしいことだった。

そんな控えめな声を漏らす可憐な少女の姿は、さらに男の官能を増長させたらしい。ズボンの中でペニスが太さと硬さを増す。

スカート越しのお尻の谷間に、勃起ペニスがぐいぐいと押しつけられる。

奈々香はお尻に当たる妙な感触に気づいていたが、恥裂に迫る指のほうが怖かった。逃げ場のない少女の股間に、鯰江の指先が到達する。

制服のスカートの奥で、ほんのり少女の汗を吸っていた白いショーツ。湿っているかわからない程度の湿り具合の布地に、太い指先が触れる。

（い、いやぁっ……だ、だめ、そんなとこ……やめて、恥ずかしぃ……）

よく知らない中年男の指が下着に触れていることも生理的に無理だが、同時にショーツが汗で濡れていることを知られるのも恥ずかしかった。

セーラー服の美少女は小柄な身体を一層縮こまらせて、中年男の恥辱に耐えていた。瞼をきゅうっと固く閉じ、うっすら冷や汗を浮かべている。

「おやおや、そんなに固くなったら気持ちよくないですよ？」

少女の身体に覆い被さった鯰江は、耳元で楽しげに皮肉ってくる。

いたいけな背中を丸めて奈々香は、小さく首を何度も左右に振る。いやらしい男の声すら、耳に入れたくなかった。一秒でも早く、この場から逃げ出したかった。

けれども、身体が言うことを聞かない。

中年男の腕を振りほどいて逃げたいのに、腕も足も動かない。

逃げ出さず助けも求めない少女の様子を見て、鯰江はニタニタ笑う。

スカートを押さえつける奈々香の手を押し上げて、太い指先をショーツ越しの割れ目にねじ込んだ。

「……ひんっ！」

小動物の鳴き声のような声を、奈々香はこぼしてしまう。

あどけない顔をしかめて、中年男の辱《はずかし》めに必死で耐えている。つい握ったままの雑誌を折り曲げてしまった。

からかうように、くいっ、くいっと太い指先が、ショーツの割れ目を後ろから前へ何度も引っ掻いている。

（……い、いや、いやっ……どうして、どうして、こんなことするの……？）

ウブな奈々香には男の行為の意味が解っていない。

「くふふっ……さすがに、まだ濡れてないですかねぇ……ん？……でも、ちょっと湿っているんじゃないですか？」

粘り着くような声を、奈々香の耳に吐きかける。

（……濡れてない？　どういうこと？……それより、やだ、ショーツに汗、染みてるの、わかるの？）

やはり奈々香には、鯰江の言った意味が理解できていなかった。むしろ、下着が汗ばんでいたことを、中年男に知られたのが恥ずかしかった。

透き通るような白い耳が、桃色に染まる。背中に覆い被さっている鯰江の肥満体が、重くて蒸し暑い。

紺色のスカートをまくり上げたまま、男の指が白いショーツのクロッチ部分を前後にさすっている。下着に包まれた少女の秘肉は、しっとりとやわらかく太い人差し指にこねられている。

中年男の指先が、ぐうっと押し込まれ、クロッチの割れ目に押し込まれる。何かを促《うなが》すかのように、執拗に陰唇の溝をこすっている。

「……お、お願い、です、から……や、やめて、くだ、さい……」

消え入りそうな声で、奈々香は懸命に訴える。

「んー？　何をやめるんですか？　僕は、ただ本を探しているだけですよ？」

奈々香の恥裂をいじり続けたまま、とぼけた答えを鯰江は返してくる。

「一体、どこにあるんでしょうねぇ。……ここ、でしょうか？」

「ひっ……………」

背中を丸めた女子中等生の身体が、びくっと震える。

ざらざらの太い指先が、ショーツの縁を引っかけて、ぐいっと横にずらしていた。白の下着がお尻の割れ目に食い込む。慎ましやかな縦筋が外気に晒されていた。見えないくらい細く短めの陰毛が、つるんとした花びらにまばらに生えている。少女の恥裂は、怯えるようにぴったりと閉じている。

「いっ、いや……」

「しぃっ、大きな声を出したら周りに迷惑ですよ。みんな、奈々香ちゃんとは無関係な人たちなんですから」

咄嗟に声をあげようとした奈々香の耳元で、中年男が低い声で注意してくる。

「ちょっとページをめくっているので、大人しくしていてくださいよ」

口調は丁寧だが、有無を言わせない男の圧力を感じて、怯えた奈々香は口を閉じるしかなかった。しかし、すぐに、

「……ひぃうぅ……」

あどけない唇から、抑えた悲鳴を漏らしてしまう。

書店の人混みの中で鯰江は、少女の陰唇を指でめくっていた。

声を出せない奈々香は、信じられない現実から逃れるように、ぶるぶると小刻みに首を振る。

見事な天使の輪を描く艶《つや》やかな黒髪から、甘くて爽やかな香りが匂い立つ。鯰江は鼻の穴を拡げて、奈々香の髪の匂いを吸い込む。

美少女の細く可憐な黒髪の一本が、中年男の口にかかった。

鯰江は器用に舌を使って、口の中に少女の毛髪を引きずり込んだ。口をもごもご動かし、奈々香の髪を味わう。いやらしく目尻を下げて、ほくそ笑む。

微かに産毛が生えた少女の大陰唇を、太い指先で押し拡げた。冊子のページをめくるかのように、指で幼唇を何度も弾く。

「うーん、この本だったと思うんですけどねぇ。どうでしたかねぇ」

髪の毛を口に挟んだまま、ニヤけた素知らぬ顔で、鯰江は純真な少女の耳元で囁く。まるで本当に書籍を探しているように言っているが、指先はずっと奈々香の陰唇とおへその周りをいじっている。

（……いっ、いやぁぁ……や、やめて、やめて……だ、誰か、助けて……）

ほぼ、つるつるの大陰唇を男は指先でこじ開けると、楚々とした割れ目に指を挿し込んだ。

人差し指の第二関節を曲げ伸ばしして、陰唇の裏を引っ掻き始める。まだ濡れてもいないサーモンピンクの肉唇の粘膜が、ぺたぁと指先に貼りついた。

ピリッ、と微かな痛みが陰唇から走る。

中年男の太い指先の動きに付き従うように、秘唇はうにゅうにゅとやわらかく絡みついている。人差し指が小刻みに振動すると、ぷるぷると波打つ。

「……ぃ、いたっ、い、いやぁぁ……」

前触れもなく、男の右手がおへそから離れ、今度はセーラー服の中へと潜り込んでいく。

セーラー服の裾をずり上げて中年男の手が、腹部から胸周りに這い上がっていく。夏制服の下には、下着しか着けていない。しっとり滑らかな少女の素肌を、大きな蜘蛛のように男の右手がじりじりよじ登っていく。

——かと思うと、鯰江の右手の動きが止まる。

脇ファスナーを開けていなかったので、伸縮性の少ないセーラー服の布地がピィンと張り詰めていた。筒状の制服の白い裾が、中年男の腕の侵入を固く拒んでいる。

服の中で男の手が、セーラー服に締めつけられる状態になった。白い布地に中年男の右手の形が、ぴっちりと浮き上がる。

力ずくで鯰江は右腕を上げようとするが、セーラー服の裾が邪魔をしている。構わずに無理やり右手の指先を、奈々香の下乳まで伸ばす。

純白ブラジャーの布地に触れたとき、鯰江の後ろのほうで騒々しい声が聞こえた。

ぞんざいな口調で「はい、すいません、すいませんねー」と口だけの謝罪が聞こえてくる。立ち読み客の間を強引に掻き分け、出てきたのは太った中年女性だった。

あまりの厚かましさに、周りの男性達は文句を言うことも忘れて唖然となる。

しかし、それは一瞬だった。

厚顔無恥な中年女性が口を開く。

「あらぁ、あんたたち……」

奈々香と鯰江の二人を見た女性は、カラスのような無遠慮な大声で何かを詰問しようとした。

周りの立ち読みの男性たちが、一斉に散開する。

それに気づいた奈々香も、慌てて制服の裾を引っ張り下ろす。

咄嗟に、チャンスかもしれない、と思った。

中年女性が何かを言っている声を背に、セーラー服の少女は人混みの中に駆け出した。後ろを一切振り向かず、人の群れをすり抜けて、奈々香は出口へ向かって懸命に逃げた。

鮎江も含め、全員がその場からいなくなった。

無遠慮な中年女性だけが、売り場に取り残されていた。

*

急ぐ気持ちとは逆に、思ったほど走れない。

午後六時を少し回った駅周辺は、通行人が多かった。

自然と奈々香の駆ける足が遅くなっていく。

肩で息をしながら、混乱した頭で色々と考える。

(……恥ずかしくて、つい逃げ出しちゃったけど……よく考えたら、きょうの用事を全然済ませてないぃ……)

歩きスマホのサラリーマンらしき男性が、どんっと奈々香の肩に当たって追い越していく。少女はバランスを崩し、ふらつく足で、ただ、真っ直ぐ歩いていく。

(……鮎江さんには会いたくないけど、でも、あの人には名前も電話番号も学校も全部知られてしまってるし……知らん顔して、逃げられない……)

学校や親に、接触事故のことを知られるのが嫌だった。中等生にとっては、警察よりも学校や親のほうが怖い。

右手には、折れ曲がって売り物にならないクロスワード雑誌が握られたままだった。もちろん、会計は終わらせていない。

そう言えば、店員に声をかけられていたような気もする。

(……えぇぇ～っ……やばい、やばいよぉ……ど、どうしよう……今さら返しに行っても、補導されたりして……)

奈々香のローファーの足が止まる。すぐ後ろを歩いていた人が、ぶつかって舌打ちして通り過ぎていく。

邪魔にならないように、ひとまず通路の端に寄って歩く。それから、次の角を曲がって、壁に背中を預けた。さっきよりは、通行人が少ない通路だった。

(……やっぱり、いったん本屋に戻ったほうがいいのかなぁ……どっちみち鯰江さんに会わないといけないし……)

迷いながらも、奈々香の足はゆっくり大型書店に向いている。

できることなら、もう行きたくないが、このままだと、もっと悪い事態になりそうだと思えた。

何と説明したら許してもらえるかしら、と考えつつ歩く奈々香の目の前に、いきなり、太った身体の男が立ち塞がった。

「きゃっ」

小さな悲鳴をあげてセーラー服の少女は、止まりきれずに男の脂肪太りの腹に体当たりしてしまう。

「いやぁ、奈々香ちゃんが見つかってよかったです。もうちょっとで、お家の方に電話するところでしたよ」

小柄な奈々香の頭の上から声が降ってくる。ニタニタと余裕たっぷりに鯰江が立っていた。

（っ！　い、家に知らされるのは、絶対困るっ……あ、危なかった、かも……）

「あっ！　あのっ！　い、家には……電話してないんですよね？」

中年男を見上げて、奈々香は彼女に似合わないくらい慌てて問いただす。

「もちろん。まだ、これから電話するところでしたからね。……おやおや？　家に電話されたら、何か困るんですかぁ？」

やけにねっとりした口調で、鯰江は奈々香に尋ね返してくる。

男は、少女が親にも打ち明けていないだろうことに、感づいたようだった。しかし奈々香は、それどころではなかった。

「奈々香ちゃん、万引きはよくないですよ」

目ざとく鯰江は、少女が手にしていた雑誌を見つけて、小声で注意する。

「……だ、だって……これは、……そ、その……」

とっさに弁解を考えて、奈々香はしどろもどろになる。

うつむくセーラー服の美少女の肩に手を回し、

「まぁまぁ、誰でも一度くらいは過《あやま》ちを犯すものですよ」

妙に訳知り顔で、鯰江は奈々香を弁護する。

「……ちょっと、静かな所でお話ししましょうか」

奈々香に拒否権は無かった。

第二章　晒された純白ショーツ

唐突に、奈々香は新品のＡ４スケッチブックと油性ペンを渡された。

表紙をめくり、鯰江に言われたように一ページ目にペン先を走らせる。

『倉垣《くらがき》奈々香　市立[redacted]中等部二年』と横書きで正直に記した。

「……あ、あの、これ、どういうことなんですか……？」

スケッチブックから顔を上げて、セーラー服の少女は不安げに尋ねる。

そもそも、きょうは傷つけた鯰江の車の修理代を聞くだけの予定だったはず。早く家に帰らないと、両親に怪しまれてしまう。

「いえいえ、奈々香ちゃんを信用していないみたいで悪いんですが、ちょっと証拠を撮らせてくださいよ」

奈々香の立っている位置から、五、六段の下の階段で鯰江がニタニタ笑っている。

ここは先ほどの大型書店から歩いて、ほんの数分の場所。

大きな駅の改札に連絡している階段だが、極端に人通りが少ない。あまり知られていないのか、乗り換えには使われないのか、ほとんど人が通らない。

二階ほど上を電車が通るせいで、ときおり振動が伝わってくるが、それを除けば静かなほうだろうか。

スマホのカメラを奈々香に向けて、鯰江が見上げるかたちで立っている。

「さ、スケッチブックをこちらに向けて、にっこり笑ってくださいよ」

どうやら鯰江は、名前などを書いた紙と、奈々香の顔と一緒に撮影したいらしい。

そう理解した奈々香は、なんとなく気が進まないながらも指示に従うことにした。

(……な、なんだか、これって、ドラマとかで見る犯罪者みたい……)

過失とは言え、確かに傷をつけたことは犯罪かもしれない、と気弱になった少女は、なんとかスマホに目線を向ける。

とても笑顔になんかなれない。

セーラー服の少女は、曇った表情でスケッチブックを両手で胸元に掲げる。

カメラ撮影時の効果音のパシャ、パシャという音が階段に響く。

「うーん、表情が硬いですねぇ。まるで、僕がいじめてるみたいじゃないですか」

皮肉っぽくニヤついた顔で中年男は、奈々香に注文をつける。

（……だって……そんなこと言ったって……）

困ったような表情で、奈々香は引きつった笑みを見せる。本当にいじめられているような気分だった。

「……まぁ、いいでしょう。じゃあ、次はそこで座ってください」

数枚、少女の姿を撮影したあと、鯰江は次の指示をする。

少し納得いかない様子で、それでも奈々香は言われたように階段にお尻を下ろす。さり気なく太ももの後ろを片手で押さえ、スカートの中が見えないように隠した。

「だめだめ、だめですよ。それじゃ、パンツが見えないじゃないですか」

ごく普通のことのように、さらりと卑猥な指示をしてくる。

「い、いやですっ……ど、ど、どうして……そんなの、おかしいです……！」

セクハラ同然の注文をされて、奈々香は真っ赤になって男を責める。

いきなり立ち上がって、この場から立ち去りたかったが、そんなことは彼女にはできなかった。

「さっきも本屋で、奈々香ちゃんのパンツを撮影してたんですよ」

スマホを片手で自慢げに振りながら、鯰江は告げる。

「な、なんでっ……そ、そんなの、し、知りませんっ……やめてくださいっ」

いつの間に撮影されていたのか、わからない。本当に奈々香は気づいていなかった。黒髪に隠れた耳まで真っ赤にして、くっとスカートを押さえる手に力を入れる。

（……こ、こんな人に……ショーツ、見られたくないのに……）

「くっふふっ、でも、もう撮影してしまいましたからねぇ。あとは、これを画像掲示板にアップすれば、たくさんの男の人が奈々香ちゃんに会いに来ますよぉ」

ニタニタ笑いを浮かべて、中年男は脅してくる。

名前と学校名などの画像と一緒に、ネットに上げられたら——その先はローティーン少女にも想像できる。電車に乗るどころか、学校にも行けなくなってしまう。

奈々香は黙り込んでしまう。背中を冷たい嫌な汗が伝い落ちる。自分の意思とは無関係に、身体が勝手に震えている。

「ちょっと貸してくださいねぇ」

奈々香の意見を聞かずに、鯰江がスケッチブックを取り上げる。男がすぐ近くに来ていたことに気づかなかった。

階段にしゃがんだまま、奈々香は涙目で見上げる。彼女は少々、泣き虫だった。

中年男はスケッチブックに、何か書いているらしかった。

「はい。じゃあ、もう一度、これを持って」

スケッチブックを一方的に押しつけられる。

怖くてあまり見たくないが、何を書いたのか、と、不要な好奇心で見てしまう。

そこには『1回2万円でOK』と、無断で付け足されていた。

「時間もないんでしょう？　早く撮影してしまいますよ」

何か苦情を言おうとした奈々香を遮《さえぎ》って、鯰江は指示した。

確かに、早く家に帰らないといけない。

奈々香は男に従うしか無かった。


美少女のスカートの中が無防備に晒されている。

恥ずかしそうにぴったりと密着した、二本の健康的な太もも。

内ももの肉に挟まれて、やわらかそうな幼唇が純白の布地を丸く膨らませている。

階段にお尻を下ろした奈々香のショーツが、あらわになっていた。

スケッチブックの文字が見えるように両手で持っているので、スカートで隠せない。

奈々香は、自分の名前の下に値段を書かれたA４横の用紙を持たされている。困ったように眉を寄せ、恥ずかしそうに下唇を噛んで、中年男のスマホカメラを見つめる。

（……は、恥ずかしいぃ……お願いだから、早く、早く終わって……）

「くふふ、なかなか、そそる姿ですよ、奈々香ちゃん。こんな可愛い娘が、たった二万円とは……くっ、くくくっ」

よほど愉快なのか、笑いが止まらない鯰江は撮影を続けている。

男のスマホ画面には、本名とショーツを晒した美少女が恥ずかしそうに『1回2万円』と書かれたスケッチブックを持っている。あどけない中等生の少女が売春を誘っているような画像が、何枚も保存されていく。

奈々香は泣き出しそうになる心と、必死で闘っていた。

お尻の下の冷たい階段から、電車の振動が伝わってくる。すぐ近くに家に帰れる電車が来ているのに……早く帰りたい……でも、帰らせてもらえない……。

撮影を続ける鯰江の後ろから、サラリーマン風の男が階段を登って来た。

スマホ撮影している中年男を見てから、奈々香の顔に視線を向けて、一瞬だけ怪訝《けげん》そうな顔をする。

彼は階段をゆっくり一歩一歩登りながら、女子中等生の下着だけを、穴の開くほど視姦して通り過ぎていった。

（……は、恥ずかしいぃぃぃ……絶対に、エッチな子だって思われた……）

赤面する奈々香は視線を壁に固定して、通行人と目を合わさないようにしていた。

見知らぬサラリーマンにスカートの中を、まじまじと見られてしまった。こんないかがわしい罰ゲームに、ローティーンの心が泣き出しそうになる。

「今の人、奈々香ちゃんをじぃーっと見てましたねぇ。やっぱり可愛い娘には惹きつけられるんですねぇ」

ねっとりといやらしい口調で、奈々香に意見を求めてくる。

「……あ、あの、もう、いいですよね？　早く……車の修理代を教えてください……」

奈々香はストレートに、きょうの目的を尋ねる。

「まぁまぁ、せっかくなんですから、もう少しゆっくり休憩してもいいでしょう？　あ、奈々香ちゃん、もう一段、上の段に足を置いてください」

何が『せっかく』なのか意味がわからない。しかし、奈々香は逆らうことが許される立場ではなかった。

不満そうな顔の奈々香は、しぶしぶ、ゆっくりと片足ずつ一段上に上げる。

膝が、さらに胸に近い位置に来る。恥ずかしいので両膝はぴったりくっつけている。

それでも膝が上がったことで、スカートの中の秘唇が一層突き出すかたちになった。

奈々香からは見えにくいが、二本の健康的な太ももと、それに挟まれてぷっくり膨らんで見える陰唇が、純白のショーツ越しに浮き上がっていた。

いかにも無垢な白い下着に密着して、ローティーンの楚々《そそ》とした割れ目がひっそりと息づいている。ほのかに汗ばんだショーツに隠れている。

「おっ、なかなか、いいアングルですよ。そのまま、じっとしていてくださいねぇ」

妙に興奮した様子で、鯰江は熱心に奈々香の股間を撮影し始める。

額に汗がいくつも浮き上がっている。セーラー服の少女の右下に左下に移動してしゃがみ、ピチピチのYシャツとズボンが破けそうに引っ張られている。

その間も数人のサラリーマンが、奈々香のショーツと中年男を見て、通り過ぎていった。

誰もセーラー服の少女を助ける人はいなかった。好色そうな目で、あるいはチラチラと盗み見て、去っていった。

いたたまれない気持ちで奈々香は、スケッチブックの陰に顔を隠していた。

「もうちょっと、足をこう、向けたほうが可愛いですよ」

目の前に鯰江が座り込んでいた。

男の手は大きく、奈々香のきゃしゃな足首を簡単に摑みきる。女の子体育座りの両足先を内向きに修正される。

逆Vの字の形に開いた黒いローファーと紺のソックスが、白いショーツを一層淫らに引き立てた。

二つの丸い太ももに挟まれて、女らしい秘唇がぷにっと白く薄い布地の下で膨らんでいる。うっすら縦筋も見える。

「おおっ、これで完璧ですっ、素晴らしいですっ」

一人で興奮している鯰江を、涙を堪《こら》えた瞳で奈々香は見ている。

下着を撮影されているのは、かなり恥ずかしいが、黙って従っておいたほうが早く帰れると、なんとなく気づいていた。大人しく不幸な嵐が去るのを待つしかなかった。

再び、鯰江が近づいてくる。

今度は何を言われるのかと、奈々香は心の中で身構えた。

「なんだか人にヤラせるのが、もったいなくなりましたよ。僕が、奈々香ちゃんのお客様第一号になりましょう」

「えっ?……な、な、なに、言ってるんですかっ。これ以上わたしに、なにをさせるつもりなんですか」

奈々香には、鯰江の言っていることの全部は理解しきれていなかった。それでも、たぶんいかがわしいことをさせられそう、ということだけは感じ取った。

「一回二万円としても、五十万円近くの大金を稼ぐのに、どれくらいかかると思いますか？」

「……えっ……!? ご、五十万円？ そ、そんな……だって三十万くらい、って言ってたじゃないですか」

最初に聞いていた金額と違う。大人しい奈々香も、思わず強い口調で問い詰めてしまう。

「いえ、それがね、工賃とか部品代とか税金とかを入れたら、全部で四十八万八千五百円かかるらしいんですよ」

なぜだか、とても愉快そうに鯰江は見積もり金額を提示してくる。

女子中等生は騙された気分になっていた。とは言うものの、奈々香に男の言っている金額が嘘か本当かを確かめる手段は無かった。

「こんなことは言いたくないんですが……中等生のあなたに、五十万円近くのお金を用意できますか？」

厳しい現実をニタニタ笑いながら突きつけてくる。言いたくないと口で言いながら、言うのが楽しそうに見える。

鼻の奥がツンとしてくる。目頭《めがしら》が勝手に熱くなって、涙が込み上げてくる。

（……ど、どうして、こんなことに……どうして……）

すん、すんと鼻をすする女子中等生に、鮎江は、

「わかりました、じゃあ、こうしましょう。きょうはセックスはしません。でも二万円はお支払いします。これで、どうですか？」

いやらしい中年男は奈々香の隣に親しげに座ると、少女の小さな肩を抱いてくる。

どういうつもりなのか、鮎江は譲歩案を提示してきた。けれども、だからと言ってローティーンの少女が、はいわかりました、と受け入れるわけにはいかない。

性経験のない奈々香は、答えに詰まる。

「たかが中等生に、五十万円もの大金を稼げる唯一の方法だと思いますよ」

ストレートヘアの奥に隠れている耳に、中年男は低い声で囁く。

そうかもしれない、と奈々香は考える。そもそも未成年がバイトなんてできるわけがない。でも、その手段がよりによって身体を売ることなんて、簡単に納得できない。

「……ひぅっ⁉」

男に肩を抱かれた小さなセーラー服の身体が、ぴくっと跳ねる。

いつまでも悠長に待っている鮎江ではない。

無防備にさらけ出された純白ショーツの可憐な膨らみに、油性ペンの先を押し当てていた。

キャップを付けたままの油性ペンで、ゆっくりゆっくりとクロッチの中心を上下にさする。ペン先は確実に、薄い布の下にある少女の恥ずかしい割れ目をなぞっている。

「い、いやぁっ……な、なに、してるんですか……」

スケッチブックの裏に顔を隠したまま、奈々香は震える声で咎める。

「んん？　そんなこと言っていいんですかぁ？　あなたには拒否できる権利もお金もないんですよ」

女子中等生の身体に密着して中年男が、嗜虐的な笑みを浮かべている。

（……そ、そんな……こんなのって……ひどい……）

為《な》す術《すべ》もなく、奈々香は小さな身体を強《こわ》ばらせて嫌悪感を堪えている。密着している中年男の肥満体が、蒸し暑く感じられる。

真っ白いマシュマロのような綿九十パーセントのショーツに、油性ペンの先が割れ目を描く。硬いペン先が、縮こまる秘唇にぐりぐりと押しつけられている。

「……んっ……んぅぅ……っ……」

律儀《りちぎ》にスケッチブックを持ったまま、奈々香の口から恥辱に耐える声がこぼれる。

眉根を寄せ、片目を細めて、鯰江のおぞましい行為を我慢している。

間違っても、中年男のペン先に感じているわけではなかった。

「くふっ、そうそう、いいコですよ。大人しくしてたら、すぐに終わりますから」

耳元で、男が低い声で語りかけてくる。鯰江の湿った吐息が毛髪を揺らせて、首筋がむずむずする。

「……ん、んぅ……、くぅぅ…………ひゃぅっ」

熱くてヌメヌメしたものが奈々香の頬に触れた。小さく悲鳴をあげる。

鯰江が舌を伸ばして、奈々香の幼い頬を舐めていた。

「甘くてすべすべしてますねぇ。くふっ、若い子の肌は、本当に気持ちいいですよ」

少女の甘く爽やかな体臭を吸い込み、中年男は奈々香の味見をしている。その間も、ずっと少女の恥裂をペン先でこすり続けていた。

奈々香の健気《けなげ》な意思とは別に、刺激を受け続けた身体は次第にほぐれ始めてくる。じわじわと二枚の花弁が緩んでくる。

「……んっ、んぅぅっ…………んっ、んんっ……ふぁうっ⁉」

刹那の瞬間、熱いような冷たいような電流が秘芽を駆け抜けた。

奈々香は自分があげた声に驚いた。

（な、なに？　今の？　な、なんで、わたし、あんなヘンな声を……？）

男のペン先が、包皮に隠れたクリトリスの近くを刺激していた。少女がまだ知らない感覚に、女としての身体が勝手に反応してしまっていた。

「んー？　なんか可愛い声が聞こえましたねぇ。どうしたんですかぁ？」

意地悪く鯰江がニタつき、奈々香の耳に囁《ささや》きかける。

女の子の恥ずかしい部分をいじられ続けられている奈々香は、咄嗟《とっさ》に男から目を逸らす。なぜか訳もわからず恥ずかしくなって、頬が熱くなってくる。おまけに秘裂の奥まで熱っぽい気がする。

「さっき通った男も、不思議そうな顔して、奈々香ちゃんを見てましたよ」

「……えっ……！」

吐息のような驚きの声を漏らす。

（……気づかなかった……いつ？　そ、そ、そんな、恥ずかしいこと、いやぁ……でもでも、この人が嘘ついてるとか……？）

鯰江が言ったことの真偽はわからない。しかし、もし本当に見られていたとしたら……。奈々香は首筋から耳まで真っ赤になる。

恥ずかしくて、スケッチブックの裏で下を向いてしまう。下着をさらけ出したままの股間の奥も、羞恥心でチリチリと熱くなってくる。

まるで、今も誰かの視線が突き刺さっているみたいだ。

しゅうっ、しゅるっと純白のショーツの上を、滑らかにペン先が前後に滑っている。恥ずかしがる奈々香を焚《た》きつけるように、鯰江はねちっこく下着の割れ目をこすり続けている。

くすぐったいような、気持ち悪いような、むず痒い感覚が恥裂あたりに集中してくる。少女の意思とは無関係に、幼唇が湿り気を帯びてくる。

「さっきの人は、絶対に奈々香ちゃんのパンツを見てましたね。くふふっ、きっと触ってみたかったんじゃないでしょうか」

奈々香の羞恥心をえぐるような言葉を、耳元で囁く。

きゅんと、美少女の幼膣の最奥で小さな小さな火が灯《とも》る。

小さな羞恥の火は、ジンジンと熱く膣壁を焦がしていく。

（……ぜ、全然知らない人に、下着見られちゃうなんて……もぉ、いや、いやぁ……恥ずかしすぎるよぉ……）

奈々香の羞恥心にシンクロするように、恥裂がむず痒くなってくる。その幼い割れ目を、鯰江はずっと前後にこすり続けている。

おずおずと無意識のうちに、美少女の股間は男の動かすペン先にすり寄っていく。硬いペン先の動きが痒みを鎮《しず》めてくれることに、少女の身体は本能的に感じ取っていた。しかし、痒みが引くのは一時だけで、またすぐに痒くなってくる。

だんだんと奈々香は、自分の恥裂をペン先に押しつけたくなってきた。

（……な、なに、この感覚……わたし、どうして、アソコをもっと搔いて欲しい、って思ってるの……？）

下唇を、きゅっと嚙んで、奈々香は痒みを堪える。

気を緩めると、つい下半身を男のペン先に押しつけそうになる。

戸惑う奈々香に、意地の悪い鯰江は、

「……そうですねぇ。やっぱり、さっきの人も呼んで来ましょうか。二人分のお金がもらえますよ。ね、いいと思いませんか？」

「なっ……い、いやですっ……そんなの、絶対にイヤっ……」

両膝に額をこすりつけて、奈々香は激しく首を振る。これ以上恥ずかしい思いをするのは、到底受け入れられない。

顔すら見ていない、誰かわからない男性が自分の神聖な部分をいじるなんて、想像したくもない。それなのに、なぜか、ふっと頭に浮かんでしまった。

少女の恥ずかしい妄想が、幼膣の奥に熱い火を焚きつける。

女の子の大事な部分、その最奥が異常なほど発熱している。

「そうですかぁ？　せっかくのチャンスだと思うんですけどねぇ」

全く残念そうではない口調で、中年男は奈々香をたしなめる。少女をいたぶるのが楽しくてしようがない様子だった。

ぐりっと先ほどよりも、やや強めに硬いペン先が、奈々香のクロッチ部分に押しつけられる。緩んできた割れ目を下着越しに、より深くえぐってくる。

「ふぁうッ!?」

突然、勢いよく首を反らし、男に肩を抱かれた少女の身体が、びくっと跳ねる。

可愛らしい声をあげてしまった奈々香本人も驚いている。

ほころんできた恥裂から、熱いような冷たいような甘い電流が一気に少女の背筋を駆け抜けた。奈々香の小さな舌の先まで、甘い電流に痺れている。

ペン先が狙いすましたように、陰唇の端に隠れるクリトリスの上をこすっていた。

「おやおや、失礼。敏感な部分に当たってしまったみたいですねぇ」

ニヤニヤ笑う鯰江は、言葉だけの謝罪を口にする。

（……なっ、なに？　今の……？　なんなの、あのヘンな感じは……？）

初めての感覚に、ローティーンの少女は混乱する。

痛いわけじゃない。痒いわけでもない。気持ち悪くもない。一瞬だけ、ひやっと冷たいような熱いみたいな感覚が駆け抜けた。

その直後に、全身が痺れるような不思議な幸福感が追いかけてくる。

可憐な胸の奥で、心臓がドクッドクッと激しく飛び跳ねている。

いつの間にか、忙しそうに肩で息をしていた。

「はあっ、はぁっ、はあっ、はぁっ……」

小柄なセーラー服の身体が震えている。

「んん？　どうしたんですか、奈々香ちゃん？　ずいぶん苦しそうですけど、大丈夫ですかぁ？」

口の端を吊り上げて、鯰江がニタついている。

調子に乗った中年男は、さらに美少女のショーツの割れ目を前後にこすり出す。さっきよりも速めのペースで、食い込んだペン先をしゅりっしゅりっと、後ろから前へと何度も往復させる。

怯えて縮こまっていた少女の下半身が、ぴくん、ぴくんっと健気な反応を返している。男の動かすペン先から送り込まれてくる感覚に、奈々香の心は手玉に取られていた。

顎を上げて、瞼を固く閉じて、込み上げてくる未知の感覚に、少女はただ身体を震わせている。小さく開いた薄桃色の唇の間からは、形のいいベビーコーンのような小さな歯が覗く。

まるで虐げられる聖職者のような、つらそうな面持《おもも》ちで天を仰いでいた。

若いサラリーマンが、見てはいけないもののように、目を合わせずに通り過ぎていく。通行人がいたことを、もう奈々香は感知できていない。

力が抜けた手からスケッチブックが抜け落ち、ばささっと階段を滑る。

鯰江は「あ〜あ」と、わざとらしく嘆息し、落ちたスケッチブックを拾った。

そのまま、奈々香の股間の前にしゃがみ込む。

やわらかそうな白いショーツの割れ目には、うっすらと小さな縦長の染みが浮き出ていた。

目尻をいやらしく下げて鯰江は、美少女のクロッチ部分に顔を近づけていく。

微かに匂う甘酸っぱい少女の発情臭を、鼻の穴を拡げて何度も何度も吸い込む。

肺を奈々香の恥ずかしい臭いで満たすと、赤黒い舌を突き出す。窮屈そうに腰を丸めて、よだれまみれの舌先を純白のショーツに伸ばしていく。

ヌメヌメと光る舌先を少女の縦染みに押し当てて、滑らかな下着越しの割れ目にぐりぐりとねじ込む。

「……んんっ、……ん、くぅっ……」

ローティーンの少女とは思えないほど、艶っぽい声が鼻からこぼれる。

固く目を閉じている奈々香は、鯰江が下着を舐めていることに気づいていない。

控えめな胸を反らせ、ぴんと両腕を後ろに伸ばしている。階段に両手を付いて、後ろに倒れそうな身体を支えている。

（……い、いや……こんなの、もう、いやぁ……早く、帰りたいのに……あ、あ、アソコが、ムズムズしてきて……やだ、ヘンな気分……わたし、イヤ、なのに……）

秘裂から絶えず浸透してくる甘い刺激に、奈々香は平常心を失っていた。

恥ずかしいはずなのに、その羞恥心を痺れさせるほど甘くむず痒い感覚が、少女の心を捕らえている。

無意識のうちに、奈々香は身体をよじらせる。

そのむず痒い感覚は、一旦は収まるものの、すぐにもっと痒くなってくる。ムズムズする感覚が、あとからあとから湧き上がってくる。我慢できない。

もじっ、もじっと遠慮がちに腰をくねらせる。

やや肉づきが薄いものの、滑らかな曲線を描く二本の太ももが恥ずかしそうにこすれ合っている。二つのもも肉に挟まれて、純白のショーツが無邪気に膨らんでいる。

中年男の鼻先で、奈々香の股間が悩ましげに左右に揺れ動く。文字どおり、よだれを垂らした鯰江は、満足そうに目を細める。

おもむろに大きく口を開けた中年男は、ショーツ越しの恥裂にむしゃぶりついた。

下着に包まれた美少女の恥ずかしい膨らみは、頼りないほどやわらかく、まろやかだった。男は夢中で吸いつく。

「ふひゃあっ⁉」

いきなりの下半身の奇妙な感覚に、奈々香は大きく目を見開く。

自分の股の間に、頭の薄い中年男が大きな顔を押しつけていた。

「い、いやっ、いやっ、やめて、やめてっ」

急に正気を取り戻した奈々香が、上ずった細い悲鳴をあげる。

「いやがるのは勝手ですけど、僕のクルマを傷つけたのは、誰でしたっけ」

悪びれる様子もなく、鯰江は楽しそうに奈々香に嫌みを言う。

自分が加害者だと責められると、少女には言い返す言葉が見当たらない。それでも、奈々香は拒絶の言葉を、周りを気にして小声で口にする。

「……でっ、でも、でも、い、いやなものは、い……」

ピチピチ半袖Yシャツ姿からは想像できないほど、素早く立ち上がる鯰江。突然、奈々香の小さな顔を両手で摑み、大きな顔を密着させた。

「うむぅっ!? ……ぅ、んぅ、んーっ、んんーうっ……」

少女の抵抗の言葉を、中年男は大きな唇で塞いだ。先ほどまでローティーンの下着を舐めていた口を、奈々香の唇に密着させる。

強引な口づけをされた奈々香は、懸命に抵抗するが声にならない。

（やっ、やだやだっ！　離してっ、なに勝手にキスしてるの？　やめてやめてっ！　わたし、ファーストキス、まだなのにぃ……）

奈々香は大きく見開いた目を、おろおろと慌ただしく動かしている。左手で身体を支えたまま、右手だけで強引な肥満体を押し戻そうとする。

幼さの残る五指をいっぱいに拡げて、中年男の胸を押すが、びくともしない。ぶよぶよとした脂肪に阻《はば》まれるだけだった。

タラコのように分厚い唇が、少女の小さな桜色の唇を覆い隠す。グミよりもやわらかく儚《はかな》げな唇が、中年男の口に吸われている。

ときにソフトに甘嚙みし、ときに激しく口内を吸い込む勢いで、鯰江は奈々香の口唇を味わい尽くす。

中年男の生温かい粘膜に弄《もてあそ》ばれている唇の感覚が、次第に痺れてくる。自分の粘膜と中年男の粘膜の境目がわからなくなる。

男の肥満体を押す手の力が徐々に抜けてきて、勝手に瞼がゆっくりと少女の瞳を隠していく。頭の中が、ぼうっ……としてくる。

唇を吸われている奈々香は、ずっと息を止めていた。

キスの経験もなかったし、中年男の熱い鼻息も気持ち悪くて、呼吸ができなかった。

そんな奈々香の苦悶など全然知らない鯰江は、ぷるんとした美少女の下唇を口内に吸い込み始めた。びっくりするくらいの吸引力で、唇の表面がちくちく痛く感じる。

奈々香は目を閉じて、眉を寄せて、つらそうな表情で耐えている。

(……ううぅ……気持ち、悪いぃ……こんなの、いやぁ……早く、早く終わって……お願い……)

ぬるりと生温かいナマコのようなものが、少女の艶やかな唇を割って、いきなり侵入してきた。

驚いた奈々香は、慌てて目を見開く。こらえていた鼻息が一気に漏れ出す。

目だけで笑う鯰江の大きな顔が目に入る。男は奈々香の口内に舌を挿し入れていた。

セーラー服の少女は右手を握って、必死に男の身体を、とす、とすっと叩いて抵抗する。しかし、あどけない小さな拳の衝撃は、男のたるんだ脂肪を揺らすだけだった。口内奥で怯えて縮こまる小さな舌に、軟体動物じみたヌメヌメした塊《かたまり》が絡みつく。中年男の舌は強引ではないものの、まとわり付いたり、くすぐったり、激しくこすったりしてくる。

美少女という果実をむさぼるように、可愛らしい顔を両手で摑んで、鯰江は舌をねじ込んでいる。

だんだんと、奈々香の舌先の感覚が麻痺してくる。暴れていた右手も、大人しくなって階段に力なく置かれていた。

少女の口内を舐め回しながら、鯰江は右手だけを恥裂へと下ろしていく。

唾液でべっとりと濡れた下着の割れ目を探り当て、曲げた指先を押しつける。ぴくっと奈々香の身体が小さく跳ねる。だが、抵抗はしなかった。

ぐっ、ぐっと少女を急かすように、リズミカルに太い指先を押し込む。そのたびに奈々香の下半身は、ふるっ、ふるっと小さく震えた。

（……こ、こんなこと、イヤ、なのに……どうして……、どうして、わたしの身体、言うことを聞かないの……？）

男の指が触れた途端、少女の秘部は待ち焦がれていたかのように、熱く疼き出した。猛烈なむず痒さが膣の奥から湧き出てきて、居ても立ってもいられなくなる。

だからといって、自分の手を伸ばすなんて、はしたないことはできない。大人の男性の前で、恥ずかしい部分を自《みずか》ら触るなんて絶対にできない。

でも、触れてくるのが他人の手だったら、それは自分のせいじゃない。

美少女の下半身は、いやらしい中年男の指先に期待していた。

大人しくなった奈々香に気をよくしたらしい鯰江は、よだれまみれのクロッチ部分を、くいいっと横にずらす。

慎ましやかで、つるんとした純朴な割れ目が白いショーツの下から露出する。外気に晒されて、寒々しくさえ見える。

いまだ中年男の唇に塞がれて、奈々香は声をあげることができない。

「……んッッ、んんーーっ、んむぅぅーっ」

抵抗する、くぐもった声が、小さな鼻腔からこぼれる。けれども、その声は徐々に静かになっていく。

中年男のナマコ舌に搦《から》め取られて、少女の小さな舌はぞくぞくする感触に翻弄されていた。

太短い人差し指が、奈々香の恥裂に潜り込む。ややほぐれてきた大陰唇を掻き分けて、奥へと侵入する。

セーラー服美少女の恥裂の内側は、熱く充血していた。

奈々香の秘められた体温を感じつつ、鯰江の指先は小さな膣穴を掘り当てる。大型書店内で触れたときよりも、やわらかくぬるりとしていて、明らかに湿り気を帯びてきていた。

遠慮なく男の指先が、ぐうっと少女の膣穴に押し込まれる。

瞬間、奈々香の小柄な身体が、びくんっと跳ねる。懸命に奈々香は首を振ろうとするが、男の左手に後頭部を摑まれていて、自由に動けない。

鯰江の太い指先が小さな穴を押し拡げて、ぐいぐいと奈々香の中に入り込んでくる。未経験の異物の圧迫感とすり切れるような痛みに、少女は閉じた瞼に、小さな涙を浮かべる。

ごつごつとした芋虫のようなものが、じわじわと膣道を押し入ってくる。その生温かいものが、ぐねぐねと膣壁を引っ掻いているのが伝わってくる。

（……あ、あぁ……わたしの大事な部分が……い、いたッ！……中年のおじさんに、どんどん汚されてく……こ、こんなのって……い、痛い痛いッ……絶対、悪い夢なんだから……絶対に……）

悲しくて、不幸な物語のヒロインになったような心境になる。

そう思うと、なぜだか、ほんの少しだけ楽になった気がしてくる。つらいことに耐えている自分が可哀想で愛おしく、たまらなく褒めたくなる。

きつく閉じた目元が熱くなってくる。また泣き出しそうになってしまう。

涙を堪《こら》えていると、ようやく中年男の分厚い唇が離れた。

鯰江の口から溢れた唾液が糸を引いて、奈々香の口元から顎へと細く垂れていく。

美少女は小さな口を半開きにしたまま、「はぁっ、はぁっ」と息を切らしていた。

口の中が、他人の口の臭いと味に満ちている。

もう奈々香は虚ろな目を開いたまま、悲鳴をあげることもできない。

厚かましく鯰江は、奈々香のすぐ横に座った。

そのまま太った身体を密着させて、少女の肩に後ろから左手を回す。テニスボールのように小さく丸く頼りなさげな、紺色の三角襟に隠れる小さな肩を掴む。

甘い香りのするすべすべな頬に、中年男が大きな顔をずりずりと押し当てる。剃り残しのヒゲがチクチクと痛い。

それでも奈々香は何も言わない。

悲しく不幸な自分の立場に、密かな悦びを感じ始めていた。

（……あぁ……わたし、こんなおじさんに、エッチなことされちゃってる……でも、逃げられないの……）

鯰江は奈々香の頬に頬ずりをしつつ、膣穴に指先をねじ込んでいく。微かに蜜をにじませているが、まだ穴は抵抗するように狭まっていた。

それでも中年男の指先は、諦めずに狭い穴の中をしつこく何度もノックしている。ときどき第一関節を曲げ伸ばしして、じわじわと奈々香の膣穴を刺激し続けている。

お尻を下ろしている階段が冷たい。

けれども奈々香は逃げ出せない。鯰江のいじり続けている膣穴だけが、異常に熱く感じる。膣奥のむず痒さは、男が指を動かすことで紛らわされていた。

逃げ出したいけど、もう少しだけ、もう少しだけ、我慢しようと思ってしまう。

「くふふ、さっきの高校生、奈々香ちゃんのオマ×コをスマホで撮影してましたねぇ。知ってました？」

唐突に奈々香は大きく目を見開く。

（――っ⁉　う、うそっ？　そんなの、知らないっ！　み、見られてたの？　ほんとに？　うそっ？）

　ほんのり汗のにじんだ額を膝に押しつけて、顔を隠す。揃えた太ももの裏に両腕を回して、ぎゅうっ、と抱きかかえて身体を丸める。

　首筋から顔まで真っ赤に熱くなっているのがわかる。同時に、いじられ続けている膣穴まで熱く火照ってきた。

　膣の奥が熱くなって、むず痒さが増してくる。

　痛いけど、もっと掻いてほしい、もっと奥のほうも掻いてほしいのに……。自然と奈々香の腰が、もじもじと前に、左右に、迷うように動いてしまう。

「ひぅんっ！」

　背筋をきゅっと仰け反らせて、奈々香は可愛らしい嬌声をあげる。

　男の太い指先が、偶然に奈々香の痒くてたまらない部分に触れたのだ。一瞬、稲妻のように膣穴から脳天へ、熱いような冷たいような、あの不可解な感覚が走り抜けた。

（……な、なに？　これ？　また、さっきの感じ……勝手にヘンな声、出ちゃったよぉ……は、恥ずかしいぃぃ……）

　慌てて奈々香は、また顔を突っ伏してしまう。全身から汗が噴き出すような気がする。鼓動がドキドキとうるさいほど聞こえてくる。

でも、決して嫌な感覚ではないように思う。

中年男に女の子の恥ずかしい部分をいじられているのに、それでも、あの感覚は嫌じゃなかった。

そしてあとから、じんじんと膣穴から全身に拡がってくる微かな幸福感。もっと、この幸せな感覚を味わっていたい、と心ならずも願ってしまう。

（……どうして、こんなに安心してるの、わたし？　エッチなことされてるのに、もっとアソコを掻いてほしい、なんて……こんなの、絶対間違ってるのに……）

「……だ、だ、めぇ……こ、んな……の……」

両膝に顔を押しつけたまま、くぐもった声で奈々香は拒絶する。こんな淫らなことをしてはダメだと、思春期の理性が懸命に否定している。

けれども、ここから逃げ出す手段が思いつかない。左肩は鯰江にがっちり掴まれてしまっている。

うつむいた後頭部の黒髪が左右に流れるように分かれ、その僅《わず》かな分け目からは、白いうなじと紺色のセーラー服の襟が覗いていた。ぽこんと丘のように盛り上がった、紺色の襟の隙間からは、少女の甘酸っぱい体臭が、ほんのり漂う。

鯰江は鼻の穴を拡げて、甘い香りをむさぼるように吸い込んでいる。

丸まったセーラー服の白い背中には、純白のブラジャーのラインがくっきり透けて見えていた。白い裾がめくれ上がって、ウエストの滑らかな素肌が露出している。

自然と男の鼻息が荒くなる。

「もっと力を抜けば、ラクになるんですよ、奈々香ちゃん」

責め立てるように指先で、奈々香の幼膣を何度も抜き差しする。指にまとわりつくだけだった膣壁が、次第に熱くなり、ぬるぬると滑りがよくなってきた。

ぴくんっ、ぴくんっと、ときどき発作のように、丸まった少女の身体が小さく跳ねる。淫らな行為を処女の理性は否定しているが、未発達な身体は従順に男の指に反応していた。

男の指先が膣粘膜をこするたびに、すり剝けるような痛みとともに、ぞくぞくする感覚が走り抜ける。太く生温かいものが狭い膣道を押し拡げて、せかせかと中へ外へと摩擦する。指にこすられるたびに、火花のように熱い刺激が膣内で騒ぎ立てる。

（……だ、だめなのに、こんなの……だめなのにっ……やぁっ、だめっ、ヘンになっちゃうぅ……）

行き場のない、痛痒い劣情が高まっていく。

訳もわからないまま、少女の身体が中年男の指先に弄ばれている。男の指から与えられる甘く熱い刺激を、未発達な女陰が受け止めきれずに暴走している。

ダメだと思えば思うほど、膣内は敏感になり、さらに甘い焦燥感に急《せ》き立てられる。

奈々香は背中を丸めたまま、びくんびくんと小刻みな痙攣をしている。

すると狭い膣道で鯰江の指が、くっと曲げられた。

「あふぅっ！」

丸めていた背中を仰け反らせて、奈々香は甘えたような嬌声をあげる。むず痒かったポイントを、たまたま男の指先が引っ掻いたのだ。

熱く焦げるような快感が少女の官能を刺激する。

（……た、助けて……も、もうやめてぇ……わたし、ヘンなのぉ……早く終わってくれないと、どんどんヘンになっちゃうぅぅぅ……）

奈々香は両手で真っ赤になった顔を覆い隠した。思っていたよりも鯰江の大きな顔が近くにあって、余計に恥ずかしくなる。

ふと、何気なく視線を前に向けると——そこには、白い半袖シャツの高校生らしい男子が階段の一番下に立っていた。スマホの背面カメラを、こちらに向けている。

「…………ぃ、い、い、いやぁぁぁっ！」

一瞬、信じられない現実に声が出なかった。しかし、すぐに恥ずかしさのあまり、悲鳴に似た声をあげてしまう。

駅につながる階段で、女子中等生が下着を剝かれて、秘裂を晒している。そんな恥辱的な姿態が、叫びたいくらい嫌だった。

「奈々香ちゃん、大きな声を出したら、人が集まってきますよ。それよりも、ほら、お客さんみたいですよ？」

楽しげにローティーンの少女の耳元で囁く。

「……い、い……いやぁ……こんなの、いやぁ……」

できるだけ声を抑えて、奈々香は首を左右に振って拒絶する。

「何を甘えたことを言ってるんですか？　彼からも料金をもらわないと、五十万なんて到底無理ですよ」

そうかもしれない、とも思う。けれど、やっぱり恥ずかしいものは恥ずかしい。示談金のためだとしても、簡単に納得できることではなかった。

そんな奈々香の気持ちなど一切考えていない様子で鯰江は、

「さっ、さっ、お兄サン、もっとこっちに来て撮ってもいいですよ。このコ、きょうは初仕事なので、破格の二万円です」

風俗店の呼び込みみたいなことを言って、奈々香を紹介する。ニヤつかせた顔で男子高校生を手招きする。

「えっ？……い、いや、でも、その……お、お金が……」

どこか小心者ぽい高校生は、スマホを手にしたまま財布の中身を確認する。

「んんー？　お金がなかったら、盗撮ですよ。犯罪ですよ」

つい先ほど大型書店で盗撮していた鯰江は、男子高校生を軽く脅す。

「あっ……あ、ありました、ありました。……ありましたから、通報は、やめてください……」

犯罪者にされてはたまらない、と慌てて高校生は料金を差し出した。一万円札一枚、五千円札一枚、千円札五枚。なけなしの小遣いなのだろう。

厚かましく、さっさと料金をひったくった鯰江は、ニヤリと笑顔を見せた。

「はい、確かに。では、好きなだけ撮影してくださいね。あ、そうそう、このコは奈々香ちゃん。処女の中等生です」

中年男は自慢げに奈々香の紹介をする。「なんだったら、これから処女膜破りを楽しみますか？」などと好き勝手なことを言っている。

男子高校生は持ち合わせがなくなったのか、断っていた。が、そのあとで鯰江と連絡先の交換までしていた。いかがわしい男たちの取引を、奈々香は聞きたくもないのに聞かされていた。

「ほぉら、見てくださぃ。これが処女のオマ×コですよ。ピンクで綺麗ですよねぇ」

アドレス交換が終わるなり、鯰江は奈々香の恥裂を、くぱぁっと拡げてお客第二号に披露した。

「……ぃ、いやぁ……み、見ないでぇ……お願い……もう、やめて……」

両膝におでこを押しつけて、奈々香は泣きそうな声を漏らす。今すぐにでも逃げ出したいが、左肩を鯰江にガッチリと摑まれていた。

うつむいて顔を見せないセーラー服少女の前に、ゆっくりと近づく人の気配がする。恥ずかしくて奈々香は顔を上げられない。

ゴクリ、と男子高校生は生唾を飲み込んだ。

ほとんど無毛のように見える、つるっとした膨らみ。その白い膨らみの真ん中は縦に割れ、初々《ういうい》しい桜色のヒダが何層にも折り重なっている。サニーレタスの葉のようにちぢれたヒダヒダは、つるっとした大陰唇とは正反対に複雑な層を成している。

男の太い指先で開かされた桜色の小陰唇は、ときおり微かに、ひく、ひくっと怯えるように震えている。

ニタニタ笑いを浮かべる鯰江は、まるでオモチャのように、少女の恥裂をぐにぐににと開いたり閉じたりして見せた。複雑に折り重なった桜色の粘膜が、音も立てずにねちゃねちゃと伸び縮みしている。

「お兄サン、中等生のオマ×コ、見たことないでしょう？　しかも、こんなに綺麗で未使用なのは貴重ですよぉ」

得意げに鯰江は、奈々香の秘部の解説をする。恥ずかしくて未成熟な少女は赤面したまま、顔を上げられない。

「ちゅ、中等生……えぇっ、ま、マジなんですか……？」

奈々香は顔を確認することはできなかったが、割と真面目そうな高校生なのかも、と思った。怪しげな中年男に丁寧に返事をしている。

「マジもマジ、大マジですよ〜。ほら、これ見てくださいよ。ねぇ？　こーんな綺麗なんですよ。まだ誰のチ×ポも挿入《はい》ってないんですから」

「へ、へぇぇぇ……。こ、これが処女のオマ×コですか……た、確かに、すごいキレイですね……」

本当に感心したように男子高校生は、奈々香の開かれた恥裂を覗き込んでいる。

外気と見知らぬ高校生の視線に晒されて、チリチリとした痛みが奈々香の秘部に生じる。陰唇の粘膜が少し乾いてきたのかもしれない。

「ひぅんっ！」

うつむいたまま、奈々香が小動物のような可愛らしい嬌声をあげる。びくんと一度、丸まったセーラー服の身体が跳ねた。

鯰江が空《あ》いた太い指先で、拡げた陰唇の上端を軽く摩擦していた。包皮の上から、引き籠もっていたクリトリスを刺激されたのだ。

途端に、甘くて鋭い刺激が少女の脳天にまで一気に駆け抜けた。奈々香にそんな気がなくても、女としての身体は従順に快感に反応した。

（……も、もう、やめて……お願い……本当に、やめて……）

口には出さずに、ローティーン少女は心の中で必死に祈る。

だが、その願いが叶うことはなかった。

「くふふっ、こーんなに小さくても、きちんと反応するんですねぇ。子供のように見えても、しっかり雌なんですねぇ」

含み笑いを漏らして中年男は、敏感な女性器を揶揄《やゆ》する。ふっくらとした大陰唇の上端を冷やかすように、ぷるぷると指で振動させる。

「……んっ……んぅッ！……んっ、んんっ、んぅぅぅっ！」

懸命に陰唇からの刺激を堪えていたが、反射的に奈々香の身体は仰け反ってしまう。

包皮の上からでもクリトリスへの愛撫は、刺激が強かった。

顔を上げた奈々香は、つい正面に立つ男子高校生と目を合わせてしまう。痩せ型でひょろっとした黒縁メガネの学生。いかにも文化系クラブの大人しそうな部長にいそうな感じで、半袖シャツをきっちりとズボンの中に入れていた。

奈々香は慌てて視線を逸らす。

男子高校生も気まずそうに、ほぼ同時に目を逸らした。奈々香のあまりの可愛らしさに、彼はただ赤面するだけだった。どこかで見たような、陳腐な純情ラブコメの空気が流れる。

そのウブな雰囲気をぶち壊すように、

「ほら、見てくださいよ。奈々香ちゃんのオマ×コ、まだ処女だから、こんなに強《こわ》ばっちゃって」

からかうように鯰江は、美少女の萎縮する割れ目を押し拡げて見せる。幾層にも折り重なる桜色のヒダの奥に、膣穴も尿道口も隠れてしまっている。

未熟な女性器は、頑《かたく》なに開かれることを拒んでいた。

「くふふっ、ココに挿《い》入れたら、気持ちイイでしょうねぇ。ね、そう思いませんか？」

いやらしい中年男は、太い人差し指をサーモンピンクの蕾に押し込みながら、男子高校生に問いかける。

いびつな花弁の粘膜は、左右に開かれるのを拒絶するかのようにピッタリと寄せ合っている。その猥雑な割れ目を太い指先がこじ開けようとする。

「んんー？　奈々香ちゃん、ほら、せっかくのお客さんにサービスしないと」

ねっとりとした口調で鯰江は、セーラー服の少女を促す。奈々香は中年男から顔を背けて、悲しげな瞳を細めた。

ぐに、ぐに、ぐにぐにっ、ぐぐっ、ぐいぐいっ、ぐいいっ！

抵抗を続ける薄い桜色の蕾に、中年男の指先がじわじわと押し込まれていく。粘り気の少ない粘膜が絡み合って、男の侵入を拒む。

「あぁ、そうそう。お兄サン、撮影してもいいですけど、ネットには上げないでくださいね。そうしないと、奈々香ちゃんが犯されまくられてしまいますから」

（……！　や、やばっ！　わたし、アソコを撮影されてたんだった！　も、もしも、こんな画像がネットに上げられたりしたら……）

真面目そうな高校生だから、そこは信用できるかもしれない。きちんと約束を守ってくれると思う。でも……もしも、もしも、誰か他の人に見られたら……。

つい、奈々香は最悪の事態を想像してしまう。

帰宅途中で見知らぬ男たちに取り囲まれて、叫んでも誰も助けに来なくて、そのまま何人もの男たちにレイプされてしまって…………。

下腹部のあたりに、くっと無意識に力が入った。すると、膣の奥のほうが、きゅんと熱くなる。小さな小さな使い捨てカイロが入ってるみたいに、低温火傷《やけど》しそうなくらい熱くなる。

美少女は遠慮がちに、微かに腰をくねらせる。

再び、幼膣が熱く、むず痒くなってくる。

（……い、いやぁ……また……な、なんなの、これ……お腹の奥のほうが、なんだか、ムズムズして……なんか我慢できなくなりそう……）

奈々香は眉を寄せて、瞼を固く閉じて下唇を噛む。下腹から湧き上がる不可解な情動を抑え込もうとした。

見知らぬ男たちに襲われている不幸な自分を想像した途端、胸が張り裂けそうな恐怖と共に、女性として大事な部分が、事もあろうに勝手に熱く疼いてくる。

次第に、抵抗していた桜色の花弁の力が緩んでいく。

ぐっ、ぐっ、と押し込まれる中年男の指先が、セーラー服美少女の秘部に、じわりじわりと沈み込んでいく。奈々香の膣内は、密かに熱を帯びてぬめってきていた。

……つぷぅ……。

生温かい中年男の人差し指の先端が、指先より小さな初々しい膣穴に潜り込む。あどけない少女の眉間に、深い悲しげな皺が刻まれる。

しかし、膣穴に挿入された指先は、それ以上は中に侵入せずに、緊張で縮こまる膣口の周りを、形を確かめるようにくるり、くるりと、なぞり始めた。

びくっ、びくんっと、敏感にセーラー服の肢体が跳ねる。耳まで真っ赤にして奈々香は、両手で顔を隠していた。

男子高校生のスマホのレンズは、きっと女のコの恥ずかしい部分を凝視しているはず。誰にも見せたことのない部分を、いじられて撮影されるなんて……。

少女の沸騰しそうな羞恥心が、媚肉の感度を上げる。

年上の男子に見られてると思うと、膣奥がチリチリとむず痒くなってくる。我慢できないくらい疼いてくる。もっと、激しくいじってほしい、とさえ思えてくる。

(……こ、こんなの、おかしいのに……おかしいのに……ど、どうして、こんなに……こんなに、アソコが、痒いの……)

嫌なはずなのに、なぜか意思に反して美少女の劣情が高まっていく。

中年男のザラつく指先が膣口をなぞるたびに、びくん、びくんっと大げさなくらい美少女の肢体が跳ねる。熱いような冷たいような不可解な感覚に、好奇心と女陰が疼いてしまう。

（……ど、どうして……？　わたし、なにバカなコト、考えてるの……？　でも……でも、なんか、イヤじゃない……この感じ……）

ローティーン美少女は中年男に膣口をいじられ、男子高校生に撮影されて、妖しげな官能に呑み込まれていく。

「おやぁ……？　奈々香ちゃん、ちょっとオマ×コ濡れてきましたよ？」

少女の劣情を見透かしたように、鯰江が恥裂の濡れ具合を実況する。小さな膣穴に指先を挿し込み、穴の内側をくりっくりっと、こすっている。

にっちゅ、ぬっちゅ、にっちゅと粘っこい水音が微かに聞こえる。

「……ぅ……んぅぅ……ん、んんっ……」

奈々香は返事ができない。ゾクゾクと幼膣から沸き起こる刺激を、懸命に口を結んで堪《こら》えていた。それでも小さな鼻腔から、艶っぽい息と声が漏れてしまう。

生温かいミミズのようなものが、膣の入り口を掻き回している。

微妙に濡れて来たせいで、ザラついた指先がぬるぬると滑らかに粘膜を刺激する。

粘膜と男の指先がこすれ合うたびに、燃え上がるような感覚が背筋を駆け上がる。

（……ん、くぅぅぅ……なに？　この感じ……？　イヤなはずなのに、イヤじゃない……ううん、この感じ……なんだろう……もっと、してほしい、かも……）

未経験で不可解な感覚を、思春期の少女はもっと確かめたくなる。痒みで疼く膣の奥も、どうにかして欲しくなる。

知らず知らず奈々香は腰を左右に動かして、男の指先が当たる場所を変えようとしていた。

「ひぃうぅぅぅんッ！」

顔を両手で押さえたまま、セーラー服の少女の身体が、一瞬跳ね上がる。言いようのない鋭い刺激が、秘部から脳天へと一気に貫いた。

鯰江の指が、包皮に隠れるクリトリスを下からこすり上げたのだ。

膣から受ける刺激とは、また違う感覚に奈々香は嬌声をあげた。閉じた瞼の裏がフラッシュのようにチカチカ明滅する。

やがて、あどけない少女の脳内に微かな達成感と幸福感がじんわり湧いてくる。

「くふふっ、今のはイイ声でしたねぇ。お兄サンも聞いてました？」

ニタニタと笑みを浮かべる鯰江は、男子高校生に同意を求める。

メガネの高校生は片手で股間を押さえて、若干前屈《かが》みになっている。だが右手のスマホで、しっかりと動画撮影は続けているようだった。

「……え、えぇ、はい。……か、可愛いらしい、声、でしたね……」

たどたどしく感想を呟く。男子高校生は、奈々香の初々しい恥裂から目が離せないでいた。

「どうですか、お兄サン。あと二万で、処女の女子中等生と本番もできますよ？」

奈々香の了解も得ないまま、中年男は勝手にいかがわしい商談を始める。セックスをするのが四万円なんて話は聞いていない。そもそも、きょうは性交をしない約束だったはず。

何か意見を言おうとした奈々香のクリトリスを、再び男は撫で上げた。

「ひぃきゅぅぅぅぅんっ！」

変な嬌声をあげて、セーラー服の美少女の肢体が跳ねる。

激しい刺激が少女の脳天を貫く。熱く鋭いのに、痛くない。むしろ、頭の中が痺れるような浮遊感に包まれる。

中年男の指で恥ずかしい部分を玩弄されているのに、嫌な気がしない。むしろ……。

（……おかしいよぉ……こんなの、おかしい、のに、だめぇ……もっと……おかしく、なっちゃうぅぅ……）

奈々香は、下腹部の奥から込み上げてくる劣情に戸惑っていた。十代のピュアなモラルが、新しく知ったばかりの刺激にねじ伏せられてしまう。

嫌なはずな中年男の指の動きに、どこかで期待している自分がいる。

「……い、いえ、その、きょうは……もう、お金が……すみません……」

口ごもって男子高校生は、持ち合わせがもうないことを謝る。普通の高校生が四万円なんて現金は、持ち歩いていないだろう。

「いえいえ、謝ってもらわなくてもいいですよ。では、また次回にでも」

いやらしく、ほくそ笑んで鯰江は応える。確実に『次回』がありそうな口ぶりだった。

鯰江と奈々香の背後から、シャカシャカと高音域の漏れた音楽が聞こえて来た。

両耳にヘッドホンをして、スマホの画面を操作しながら男が階段を降りてくる。真っ黒いタンクトップを着たバサバサの茶髪頭は、奈々香達に気づかない様子でダラダラと通り過ぎていく。

……はぁっ、はぁっ、はぁっ、はぁっ……。

再び通行人がいなくなった冷ややかな階段に、奈々香の呼吸音だけが聞こえている。

少女は小さな肩を上下させて、荒い息をしていた。

茶髪頭が通り過ぎている間も、ずっと鯰江は奈々香の膣穴に指を突っ込んだままだった。しかも恥ずかしい声を出させたいのか、指先をくいっ、くいっと、からかうように動かしていた。

セーラー服の美少女は、懸命に声を出さないように堪えていた。これ以上、見知らぬ男に恥ずかしい姿を見られる訳にはいかない。

しかし、ウブな桜色の秘裂は、太い指先に絶え間なく執拗に甘い刺激を与えられ続けていた。嫌なのに、嫌なはずなのに高まっていく劣情に奈々香は、どうしていいのかわからなかった。

「あーあ、せっかく新しいお客さんかと思ったんですけどねぇ。こんなに極上のオマ×コなのに、あの人、もったいないことしましたよ。ねぇ、そう、思いませんか?」

鯰江は美少女の幼唇を左右に引っ張り、男子高校生に同意を求める。

高校生の目の前で、本マグロの大トロのような、薄桃色の敏感粘膜が拡げられていた。恥ずかしげにときおり、ひくっ、ひくっと震える。

薄い敏感粘膜がくちゅくちゅと折り重なっている。その花びらの中心に、ゴマ粒より小さな穴と、西瓜の種よりも少し大きめな穴が、二つ空いている。下側の少し大きな穴の奥には、微《かす》かに蜜が光って見えた。

返答に困る男子高校生に見せつけるように、鯰江は小陰唇の左右の端を交互に上げ下げして弄ぶ。奈々香は真っ赤になった顔を両手で隠していた。

顔を覆った幼い指の隙間から、悲しげで切なげな瞳がそろそろと覗く。羞恥心と恐怖心で、真面目そうな男子高校生の動きが気になってしまった。

(……あんなマジメそうな人が、もし……もし、わたしを触ってきたりしたら……わたしは、わたしは……どうなるの……?)

自分が無理やり犯される姿を想像すると、小さな膣穴がきゅっ……と締まる。

怖い物見たさで、奈々香の瞳は男子高校生を捉えた。

彼は、まるで老人のように九十度以上、腰を前に曲げている。かろうじてスマホカメラは奈々香のほうを向いていたが、それにしても不自然な格好だと奈々香は思った。

男子高校生のペニスは、ズボンに当たるのが痛いほど激しく勃起していた。それを隠すために前傾姿勢になっているのだが、まだローティーンの少女には想像できない事情だった。

「……あっ、あのっ……ぼっ、僕、きょうは、これで帰りますっ……」

真面目そうな高校生は性欲が抑えきれなくなったのか、不自然に腰を曲げた格好のまま、その場から大急ぎで立ち去って行く。

「くふふっ、まだ少年には刺激が強すぎましたかねぇ。なんなら奈々香ちゃんに、精液をぶっかけてもよかったんですけど」

中年男は奈々香の小さな顔を覗き込んで、いやらしく囁きかける。

「……い、いやっ……、そ、そんなのっ、い、いやぁ……」

美少女は吐息混じりの声で拒絶する。

ごく当たり前のことのように、さらりと卑猥な提案をされて奈々香は、心の底から逃げ出したくなった。もちろん逃げられないことは、とっくにわかっていた。

「あっ、そうだ。いいこと思いつきましたよ、奈々香ちゃん」

いきなり鯰江は、いかにも楽しそうに提案してくる。絶対に『いいこと』なんかじゃないのに、と奈々香は内心で疑っていた。

「……な、なんですか……?」

セーラー服の少女は顔の近い中年男に、しぶしぶ尋ねてみる。本当は、あまり訊きたくない。

「くっふふっ、奈々香ちゃんに値段を書いておけばいいんですよ。くくっ、どうして、こんな簡単なことを思いつかなかったんでしょうねぇ」

どういうことをするのか、今ひとつ奈々香には想像できなかった。ただ、いやらしく笑っているから、たぶん、ろくでもないことだと思った。

「……な、なにを……言って、るんですか……？」

初々しい色の幼唇を拡げられたまま、セーラー服の少女は諦めたような横目で中年男を見る。

すると、なぜか鯰江は奈々香の恥裂から、ふいに手を離して、

「だからね、奈々香ちゃんの身体に、先に金額を書いておくんですよ。そうすれば、通りがかった人も、安心してエッチができるわけです」

中年男の右手には、先ほど使った黒の油性ペンが握られていた。

「……なっ、い、いっ、いやっ、いやっ、やめて、やめてっ」

奈々香は掠れた声で懇願する。あまりのおぞましさに、声さえ普通に出ない。

ジタバタともがこうとするが、すでに男の大きな左手に肩を強く摑まれていた。

「くふふっ、動いたらダメですよ。……大人しくしていないと、もっと、ひどいことになりますよ」

びっくりするほど落ち着いた低い声で脅されて、急に奈々香は動きを止める。

口調は相変わらず丁寧だが、逆らったら本当に何をされるかわからない。男の怖さが垣間《かいま》見えて、ローティーンの少女は抵抗できなくなった。

「そうそう、いいコです。大人しくしてたら、ひどいことはしませんから」

充分ひどいことをしていながら、平然と告げてくる。奈々香は泣き出しそうな顔をうつむかせる。

油性ペンを握った太い右手が、ゆっくりと少女の股間に近づいていく。奈々香は瞼をきゅっと固く閉じ、眉を寄せて下唇を噛んでいる。

（……ひどい……こんなの、ひどすぎる……こんなの、もういや、いやぁ……）

男の左手が、奈々香の陰唇に触れる。

「……ふぁうっ⁉」

硬くて細いものが膣穴に挿し込まれていた。

てっきり油性ペンで下腹部に落書きされると思っていた奈々香は、可愛らしい驚きの声をあげる。見開いた瞳が捉えたのは、自分の割れ目に突き刺さる油性ペンだった。すでに先端の四、五センチほどが埋まっている。

「あ〜、間違えてしまいました。つい、奈々香ちゃんのエッチな穴に入れてしまいましたよ」

本当に間違えたのか、わざとなのか、鯰江はニヤニヤ笑って言い訳をする。しかし、謝罪の意思は、まったく無いように聞こえた。

「やっ、なっ、な、なにを、だって、こんな、インクが……」

油性の黒インクがアソコの中に付いてしまったら、しばらく取れないかもしれない。奈々香は焦りすぎて、うまく言葉にできない。

「くっくっ、くっ、大丈夫ですよ。キャップは付けたままですから」

笑いを堪えながら、中年男は楽しげに種明かしをする。

コリ、コリ、コリとペン先のキャップが、膣壁をこする。痛いような、痒いような、もどかしい感覚が幼膣内を駆け回る。

「……んっ……ぁ、あっ……んぅっ……んんっ、くふっ……」

奈々香の両腕は、ぴんっと真っ直ぐに突っ張り、小さな手を強く握って懸命に耐えている。身体は小刻みに、びく、びくと震えている。

ぬめり気の少ない敏感粘膜は、細くて硬いペン先に貼りついてしまう。男が油性ペンの軸をひねると、少女の桜色の膣粘膜は絡み付いたまま、従順にねじられる。

「そんなに、この油性ペンが気に入ったんですかぁ？　ほら、奈々香ちゃんのオマ×コが、しっかり咥え込んで離してくれませんよ。困りましたねぇ」

愉快そうに鯰江は、ローティーンの少女の秘部を辱める。

アソコで咥えてるつもりは一切ないのに、男に指摘されると、そうなのかもしれない、と思ってしまう。はしたない自分が恥ずかしくなる。

「しようがないですねぇ。じゃあ、これなら、どうでしょう」

わざとらしく困ったような口調で、中年男は奈々香の恥裂をいやらしく覗き込んだ。ぐっ、ぐっと右手の油性ペンを、すぼまった膣穴に突き入れ始める。

「あっ、やぁっ、い、いたッ、いたい痛いっ」

さほど濡れていない膣粘膜を無遠慮に抜き差しされて、奈々香は首を左右に振って痛みから逃れようとする。それでも彼女の手は冷たい階段に押しつけられたままで、油性ペンで恥裂をいたぶる男の手を止めようとはしなかった。

痛痒い感覚がペン先に抜き差しされることで、僅かに解消する。けれども、またすぐに、痛痒い感覚が上書きされる。知らず知らずのうちに、男のペン先が膣粘膜を搔くのを求めてしまう。

もどかしさと気持ちよさが交互に繰り返し訪れて、奈々香は気持ちの引き際がわからない。

「……あっ、ぃたっ、あぁうぅ……いっ、あっ、はぁあっ……んぅっ、あぁっ、はぁあぁ……」

次第に、あどけない美少女の声が艶っぽく変わってくる。

まだあまり濡れていない幼膣の粘膜は、べったりとペン先に絡みついている。男がペン軸を出し入れするたびに、敏感粘膜には焦げ付きそうな摩擦が生まれている。

それには一切おかまいなしに、中年男はだんだんとペン先のピストン運動を加速させていく。

ローティーン美少女の粘膜は、しっかりと男のペン先にしがみついていた。

「しようがないですねぇ。そんなに、このペンが気に入ったのでしたら、抜くのは可哀想ですね」

そう言うと、ふいに鯰江は立ち上がった。

何か愉快なことを思いついたらしく、ニヤニヤ顔をしている。

奈々香は、はぁはぁと息を切らせたまま、不安げに中年男を見つめた。

第三章　いけない恥裂いじり

歩くたびに、左右の内ももにこすれるものが気になる。

周りの通勤客全員が、自分を見ているような気がしてくる。

こんなに他人の存在が疎ましく思うのは、奈々香には初めてだった。

駅に、通路に、電車内に溢れている人々が進路を遮《さえぎ》り、みんな自分の邪魔をする悪人に見えてくる。

自分の股間にばかり、神経が集中してしまう。登りのエスカレータで、後ろのほうの人に覗かれてないかと不安で不安で落ち着かない。

内ももをこすり合わせると、敏感な膣壁をコリコリと引っ掻かれる。

こんなものを恥裂に挟んでいるなんて、絶対に周りの人に知られてはならない。

恥ずかしそうに頬を赤める無垢な美少女の股間には、油性ペンが挿し込まれていた。

いやらしい中年男に幼膣をいじくられ、膣穴に油性ペンをねじ込まれた。それが抜けないまま、帰宅ラッシュの電車に乗ることになってしまった。

あまり遅くなると両親に怪しまれる。

奈々香は、できるだけ急いで電車に乗る必要があった。

「くふふっ、よく混んでますねぇ。奈々香ちゃん、大丈夫ですかぁ？」

しかも、厄介な中年男が背後についてきている。クルマをディーラーに預けているから電車に乗るしかないんです、などと、もっともらしい言い訳をされた。

できることなら鯰江と一緒の電車には乗りたくなかったのだが、不幸なことに行き先も同じらしい。

満員電車の中、奈々香の後ろにはぴったりと、意地悪い中年男が密着していた。

とても嫌な予感がするが、示談を受けた奈々香に拒否権は無かった。

十代の少女は再来週に迫った期末試験のことで、頭をいっぱいにしようと努力した。

電車が走り出して数駅は、いたって平穏に通過した。

さすがに満員電車の中では何もしてこないわ、などと奈々香は気を抜いていた。

だが、唐突に膣穴の中を、ぐりりっとねじられる。

「……あっ、……んっ、くぅぅぅ……」

いきなりの感覚に、思わず声が出てしまった。恥ずかしさでセーラー服の少女は、素早くうつむいて何事もなかったふうを装う。

走行中の車内は、音の割れたアナウンスや人の話し声、電車のモーター音などで充満していた。とりあえず誰にも気づかれた様子はないように見える。

「……ゃ、やめて……くだ、さぃ……」

気弱そうな小声で背後の中年男に注意する。

その声を隠すように、耳障《ざわ》りなブレーキ音と共に、乗客の重心が一斉に進行方向に傾く。周囲で無数の靴音が慌ただしく響く。車内の人々を前後に揺さぶりながら、電車は駅に停車した。

鯰江の太った暑苦しい身体は、ぴったりと奈々香の背中に密着しているが、手は触れていない。そのまま、人々が乗り降りするのを何食わぬ顔でやり過ごしていた。

再び電車が走り出すと、待ちかねたように鯰江の手が、いそいそと未成熟な少女のスカートの中に伸びていく。

太ももの真ん中あたりまでの紺スカートが、少女の恥ずかしい秘密を隠している。

しかし、そのプリーツスカートの奥では、男のよだれが染みついたショーツがよじられて、片方に寄せられていた。

下着を剝かれて露出したつるんとした割れ目に、一本の油性ペンがピンと突き出している。

人混みの中、鯰江は手探りで奈々香の恥裂のペンを摑む。

「……ひぃんぅっ……！」

白いラインの入ったセーラー服の肩が跳ねる。十代の爽やかで甘い体臭が、ふんわりと香り立つ。

油性ペンを摑《つか》むなり、鯰江は萎縮する膣穴に、ぐうぅっと押し込んできた。

ぬめり気の少ない敏感粘膜を乱暴にこすられて、あどけない美少女は悶えた。

狭い膣道が摩擦されて、発火しそうに熱くなる。

「……ふ、ふざけ、ないで、ください……は、早く、ペンを……ぬ、抜いて……くだ、さい……」

急いで帰ろうとする奈々香に、電車内で油性ペンを抜いてあげるから、と鯰江は言ったはずだった。それが逆に押し込まれたのだから、責めたくもなる。

けれども小心者の奈々香は、小声で控えめに懇願する。

「すいませんねぇ。電車が揺れたもので、つい。次は失敗しませんから」

ニタニタへらへらと中年男は、口だけの謝罪をしてみせる。

きつく当たれない奈々香は不満を押し隠し、黙って鮎江に背を向ける。

「でも、濡れてないのに引っ張ったら、膣中《なか》に残るかもしれませんよ？」

低い声でセーラー服の少女の耳元に囁《ささや》きかける。

男の言うことも一理ある。

（……アソコの奥にペンのキャップが残ってしまったら、いったいどうすればいいの？……抜き取る方法が思いつかない……。病院に駆け込むこと自体、めちゃくちゃ恥ずかしいし、こんなことで産婦人科に行くのも人目が気になるし……そもそも、中等生が一人で、そんな病院になんて行けないよぉ……）

奈々香はローティーンの大人しい女子だ。

なんとか人に知られることなく、抜かないといけない。かと言って、意識して膣を濡らすことはできないと思う。

懊悩する奈々香の背後で、中年男が電車の揺れにカモフラージュして腕を伸ばす。

ムダ毛の目立つ太い左腕が、紺スカートの前に回り込んできた。

太い五指がゆっくり開いて、スカートの裾をたぐり上げる。人混みの中で、美少女のスカートが次第に短くなり、白く清楚な太ももが現れてくる。

「……やっ……ちょ、ちょっと……な、なに、してるん、ですか……」

心持ち顔を横に向けて、背後の男に小声で注意する。

これ以上スカートがめくれたら、恥裂に刺さった細いプラスチック棒が見えてしまう。できるだけ見えないように、注意して電車に乗っているのに、冗談じゃない。

「いえね、結局濡らすのが一番だと思いますが？　ここは楽しんだほうが得ですよ」

自分勝手な理屈を、もっともらしく押し付けてくる。

「大丈夫、気持ちよくしてあげますから」

そんなこと、お願いしてない。内心で、奈々香は文句を言う。

けれど、心の奥のほう、もしくは膣の奥のほうで、微《かす》かに好奇心が目覚める。

（……気持ちいい……もしかして、さっきの、あの感覚が……気持ちいい……？　もどかしくて、うずうずするような……それでいて、なんか痺れるような、あの感じ……？）

中年男の誘い文句を振りきるように、奈々香は小さく小さくかぶりを振る。

（……だめだめダメっ……なに、こんな知らない人の言うこと、信じてるの？……きっと、また騙そうとしてるに決まってるんだから……っ）

眉を寄せてうつむく。その顔つきは実年齢より二、三歳、幼く見えた。

その幼さの残る小さな顔の斜め上に、中年男の大きな顔が近づく。無意識のうちに、奈々香の身体が、びくんっと震えた。

男の太い左腕も、少女のスカートの前に伸びてくる。二本の腕が、紺スカートの中の股間に迫っている。

「……やっ、やめて、くださぃ……」

うつむいたまま、しぼり出すような小声で奈々香は拒否する。

「遠慮しないでください。ペンを突っ込んだ僕にも責任がありますから」

鯰江の熱く湿った息が耳元に吹きかかった。ぞくぞくっと少女の全身に鳥肌が浮き上がる。

小柄な少女の背中に覆い被さるように、中年男の肥満体が密着していた。

男の左手が紺色のプリーツをたくし上げ、代わって右手がスカートの中に潜り込む。

奈々香が何か言う前に、鯰江の右手がショーツのめくられた恥丘に到達する。太い指先が、少女の割れ目に遠慮なく沈み込んだ。

「んっ、くふぅぅぅっ……」

びくっ、とセーラー服の肢体が反り返る。

中年男の指先は、確実に奈々香の陰唇の端に食い込んでいた。太い指の腹の下には、包皮に隠れる秘芽が刺激に怯えていた。

クリトリスを直接触られたわけでもないのに、奈々香の身体は敏感に反応してしまう。包皮越しでも、ピリピリと甘い電流が秘芽から全身に伝わる。

奈々香は、きゅうっと固く瞼を閉じる。目尻の端から、小さく涙が玉になってにじみ出す。

ローティーンの陰唇内は、すでに熱を帯びていた。外気に触れている大陰唇は冷えているが、その内側の花びらはチェリーピンク色に充血していた。

中年男は人差し指の第一関節を曲げて、くりっ、くりっと幼唇の裏をこする。ザラつく太い指先の摩擦で、反射的に奈々香の身体が、びくっ、びくっと、しゃっくりのように跳ねる。

「……くふぅッ……んっ、んんッ……はぁっ、ふぁうッ……あぁっ、はぁうっ……」

咄嗟《とっさ》に奈々香は口を覆うが、それでも可愛らしく艶っぽい声がこぼれる。思春期の少女の意思とは無関係に、男に嬲《なぶ》られて女陰が勝手に快感を伝えてくる。

(……い、いやいや、やめてやめてっ……こ、こんなの、もうイヤなのに……やめてほしいのに……あ、アソコが痒くなって……ヘンな感じにぃ……)

嫌がれば嫌がるほど、少女の敏感な部分は感度が上がっていく。中年男に恥ずかしい部分をいじられていると思うと、余計に恥裂が熱くなってくる。むず痒くなって我慢ができなくなる。

ためらいつつも、幼い美少女の腰が、くっ、くくっと左に右にくねった。

ここが満員電車の中だということが、頭の中から消えてしまうくらい、敏感粘膜の疼きに心が搦《から》め取られていく。陰唇の裏をこする男の指先に、神経が集中してしまう。

（……あぁっ……だ、だめ……こ、こんな、の……お、おかしくなっちゃうぅ……こんなトコ、他の人に見られたら……）

奈々香は懸命に平静を装おうとした。中年男に秘唇をいじられてる姿など、絶対に見られるわけにはいかない。

けれども、他の人に見られているかも、と思っただけで、なぜか勝手に膣の奥がどんどん熱くなってくる。同時にむず痒さもひどくなって、気が変になりそうだ。

無垢な幼膣が発熱し、しっとりと汗ばんでくる。さらさらとした愛液が、刺さった油性ペンの隙間からにじみ出ていた。

「くふふ、気持ちいいですか？　オマ×コが、すごく熱くなってますよ」

大きな頭を近づけて、鯰江が指摘してくる。

「……んッ、くぅっ……そ、そんなの……わ、わからない、です……あッ、はぁっ、んんぅぅっ……」

つい正直に奈々香は答えてしまう。この感覚が『気持ちいい』のか、未知の感覚なので本当にわからなかった。

「おやおや、まだとぼける気ですか？　これだけ濡らしているのに？」

ペンを咥えた膣口の縁を、くりりっと太い指先が問い詰めるように素早く滑る。

「んくぅっっッ！」

ビクッ、と奈々香は背筋を反らせる。熱いような冷たいような感覚が、脳天まで一気に駆け抜けた。

（……ほ、ホントだ……さっきよりも、指先がヌルヌルと滑ってる気がする……これが、濡れるってこと……？　わたし……気持ちいいの？）

ローティーンの美少女は、初めての快感に戸惑っていた。

いやらしい中年男に恥ずかしい部分をいじられて、どうして気持ちよくなっているのか、理解できなかった。信じられなかった。

恥裂の中だけ、発熱しているように火照ってくる。そこを指でいじられると、なにか我慢できない感覚がどんどん膨れ上がっていく。

油性ペンを挿し込まれた膣穴が、むず痒くなってくる。手を伸ばして掻きたくなるが、そんなはしたない行為を電車の中ではできない。

幼膣の疼きを、奈々香は懸命に堪《こら》えようと瞼をきつく閉じて、首を男の顔と反対側に向ける。小柄なセーラー服の肢体が、小さくぷるぷると震えている。

「そうですかぁ、まだ気持ちよくないんですかぁ」

皮肉っぽく耳元で囁くと、中年男はニヤァと頬を緩ませる。

今度は指先を、膣口から尿道口へとじわじわと滑らせていく。ときおり寄り道をするように陰唇の裏を引っ掻き、くねくねと蛇行して膣前庭をこすっていく。

「……はぁうッ……ひっ、あっ、んんうッ……あっ、あっ、はぁぁッ……く、ふぅぅうん……」

少女のあどけない薄桃色の唇から、抑えきれずに艶っぽい声がこぼれる。奈々香は頬を桜色に染めて、きつく瞼を閉じている。

嫌だと思っていても、どうしても気持ちよさそうな声が出てしまう。

(……ど、どうして……わ、わたしの身体……どうして、こんなに……)

中年男に後ろから抱きすくめられて、奈々香は快感から逃れられない。

「そんなに声を出したら、気づかれてしまいますよ」

背後から鯰江に低い声で注意される。続けて、

「ずいぶん気持ちよさそうですよねぇ？　本当は、どうなんですかぁ？」

まるで全部わかっていながら、素知らぬ顔で皮肉を言っているように聞こえる。そんな鯰江のことを不快に思うと共に、ひどいことをされている自分のことが心地よく感じていると思った。

「……んうぅ……そ、そんな、わけ……んんっ、ない、じゃない……ですか……あっ、んっ、くふぅぅ……」

かろうじて踏みとどまっている十代の貞操観が否定する。だが、途中から耳障りなブレーキ音に掻き消されて、男の耳に届いたかどうかわからない。

停車中は、さすがに鯰江も大人しく奈々香の背中にへばりついているだけで、何も卑猥なことはしてこなかった。

「……ふぁうっっッ！」

電車が走り出すと、また鯰江が指先を動かしてきた。

ザラつく指先が尿道口をさすり、さらにその先の秘芽を、一回だけ素早くこすってきた。思わず一オクターブ高い声をあげてしまう。

まだ包皮に埋もれるクリトリスを下から撫で上げられて、小柄なセーラー服の身体が跳ね上がる。反射的に、膀胱から温水が漏れそうになる。

「おやぁ……ここが、どうかしたんですかぁ？」

中年男の指先は、容赦なく奈々香の秘芽を下から何度もこすり上げてくる。

「あうッ、ひんッ！　ふぁうッ、はぁんッ！」

片手で押さえた口から、恥ずかしい嬌声が飛び出した。奈々香の身体は、しゃっくりのように何度も男の腕の中で跳ね上がる。

ゾクゾクする熱い不思議な感覚が、連続して突き上がってくる。少女の身体が、しっとりと汗ばんでいる。「はぁ、はぁ、はぁ」と熱い息を切らしていた。

じわじわと小さな幸福感が、少女の身体に拡がっていく。膣穴が収縮して、刺さったままの油性ペンを物欲しそうに、きゅっきゅっと締めつける。

奈々香だけは気づいていた。

突き刺さった油性ペンが、ほんの少し、膣奥に引きずり込まれていることに。

女性器にだけ、自分の心とは違う意思があるように思えた。

（……な、なんで……どうして、わたしは早くペンを抜きたいのに……どうして、勝手に吸い込んでいくの……？）

知らず知らず腰を右に、左に、遠慮がちにくねらせる。油性ペンが刺さった膣穴が熱くて、むず痒い。

「……はぁうッ！　ふぅっ、んぅっ……ふぁうッ！」

男の指先が尿道口からクリトリスまでの間を、くいっ、くいっと引っ掻いた。背の高い乗客たちに埋もれているせいで、奈々香の嬌声は電車の騒音に紛れる。

まるで焦らされているように、鯰江の指は膣に触れてこない。ついつい奈々香はむず痒くて、早くそちらの穴のほうを掻いてほしいとさえ思ってしまう。

「実は気づいてほしいんですか？　周りの男たちに、自分はこんなに感じてる、って」

信じられないことを鯰江は尋ねてくる。

そんな恥ずかしいことを、知られていいはずがない。なにを言ってるの、と奈々香は不審に思った。その直後に、自分の声が周りの男性たちに聞こえてしまってる可能性に、初めて気づいた。

（……や、やばっ……そ、そんなつもり、全然ないのに……そんなに、わたしの声、大きかったのかしら……くぅぅぅ……周りの男の人たちに、聞かれちゃった……？）

片手で口を押さえて、奈々香は下を向く。頬が熱い。

周りの見知らぬ男性たちに、はしたない声を聞かれたと思うと、今すぐにでも電車から飛び降りたくなる。けれど、それなのに、どうしてっ……！

こんなに恥ずかしくて、後ろめたくて……でも、でも、こんな自分に……もっとひどいこと、してほしい……っ。

ふいに膣の奥のほうが、じゅんっと熱くなった。

(なっ、なっ、なにを考えてるの、わたし？　どうして、そんな、はしたないこと、考えてるの？)

自分の中で、信じられないことを望んでいる自分を見つける。

(──もしも目の前の男性が、いきなり振り向いてきて……わたしは鯰江さんにエッチなことをされていて……そしたら、その男の人も一緒になって、わたしの身体を触ってきたりしたら……)

淫らな妄想が勝手に暴走する。

(──その男の人は、わたしの顎を持って、くいっ、って持ち上げるのかしら……いえ、それとも太ももを触ってくるのかしら……それとも、いきなりアソコに指を突っ込んできたりして……鯰江さんと二人で、わたしの恥ずかしい部分をいじってきたりしたら……)

背後の中年男の指先から、淫らな妄想が注ぎ込まれているかのように、奈々香の中で官能が昂っていく。

鯰江の指先が尿道口をなぞり、再び膣穴のほうへ移動する。ザラつく指先に花びら粘膜をこすられて、ピクピクと奈々香の身体が震えた。

膣穴からピンと突き出した油性ペンを、男の右手が掴む。

「んっうぅぅっ……」

寝言のような鼻にかかったうめきを、奈々香は漏らした。ペンを掴まれただけで、その振動で膣穴に甘く痺れる電流が走る。

「おやおやおや……いつの間にか、ペンがヌルヌルになってますよ？」

とぼけたフリで恥ずかしい事実を指摘してくる。少女のさらさら愛蜜で油性ペンの軸が、すっかり濡れそぼっていた。

事実を認めたくなくて、奈々香は小さく首を振る。何も言い訳ができない。

「くふふ、これなら簡単に抜けるかもしれないですねぇ。よかったですねぇ」

愉快そうに少女の耳元に囁きかける。

ベトベトに濡れたペンの軸をつまむと、鯰江はぐりぐりと右に左に回転させた。幼膣の敏感粘膜を硬くて長い棒が、無神経にこすっていく。

膣壁に蓄積されていたむず痒さが、一気に解き放たれた。ペン軸に膣内を掻き回されて、敏感な粘膜が歓喜に震える。

溢れた愛蜜でヌルヌルと滑る油性ペンが、思春期の少女に快感をすり込んでいく。

どこか虚《うつ》ろな切なそうな瞳で、男の両手が自分の股間をいじっているのを奈々香は見つめていた。半開きの小さな口から、熱い吐息が途切れ途切れに溢れ出す。

「……あッ、あぁっ……ひぅッ、はぁんっ……はぁっ、はぁっ、あッ、あッ、ふぁわぁぁッ……」

口を押さえた小さな手から、奈々香の喘ぎがこぼれ出る。電車内なのに、もう声をあげてもかまわないような気持ちになってしまう。声を出さないと、もっとおかしくなりそうだった。

美少女の恥ずかしい喘ぎ声は、ちょうど隣で談笑し始めたサラリーマンたちの声で目立たない。彼女は気づいていなかったが、彼らは奈々香が電車に乗ってから、一度も入れ替わることなく、ずっと同じ位置に立っていた。

彼らが鯰江の仲間だったことを、今の奈々香は知らない。

「奈々香ちゃん、これなら抜けそうですよ。……どうしますか、もう抜きますか?」

わかりきっていることを、さも分からないかのように楽しげに尋ねてくる。鯰江の生温かい吐息が、耳元をくすぐった。

「……は、早く……う、くふぅぅ……抜いて、くだ、さい……んッ、あふぅっ……」

訊《き》かれている間も、ぐりぐりと膣穴をペン先で掻き回されて、セーラー服の少女は声が裏返ってしまう。内股になった両膝が、かくかく震えている。

「そうですかぁ、残念ですねぇ。もう抜いてしまうんですかぁ、そうですかぁ」

白々しく中年男は念を押してくる。もしかすると、この男に頼むとずっと抜いてもらえないかもしれない、と奈々香は思い始めた。

「……も、もう……ん、ふぅぅッ……い、いい、です……あぅッ、じ、自分で……抜きます、んっ、から……」

中年男の腕に触れないように、少女はそろそろと自分の股間に手を伸ばしていく。

「いえいえ、そんな手間は取らせませんよ」

だが、鯰江は奈々香に油性ペンを握らせるつもりはないらしい。やんわりと、けれども強固に少女の申し出を断った。

奈々香の白く幼い指先が、スカートのめくれた股間に近づく。

「ひゃあぅッ……あっ、あっ、あッ……やっ、だっ、だめッ……はぁッ、くふぅぅぅッ……！」

小さな顎を天井に向け、奈々香の身体がS字に仰け反った。中年男の腕の中で、発作のようにガクガクと震えている。股間に持っていった手で、慌てて口元を押さえた。

潤んできた膣穴から、焦らすようにゆっくりと引き出された油性ペンが、ぐいっと素早く挿し戻されたのだ。

予想していなかった抽送で、敏感粘膜に摩擦の甘い電流が走る。奈々香は腰の力が抜けてしまい、満員電車の床に座り込みそうになる。

「おやおや、大丈夫ですか？」

ニタニタ笑う中年男に、腰を掴まれて座り込まずに済んだ。太った身体なのに意外に素早く、少女の身体を抱きかかえていた。

「……あっ、うぅっ……く、ふぅぅぅッ……はぁっ、あぁっ……」

奈々香には返事をする余裕も無い。体勢を崩したときに、一層深く油性ペンが膣穴に刺さってしまっていた。

下腹部に経験したことのない、異物の圧迫感がある。息がしにくく感じるほどの、何かが内臓を押し上げている。

「ほら、気をつけてくださいよ」

親切そうな大人のフリをして、鯰江は少女の身体を抱き留めている。しかし、彼の右手は、ズンズンズンッとペン先で奈々香の膣奥を打ちつけていた。

「……あッ、やッ、はぁッ、あぅっ、んあっ、はぁうッ……」

素早く連続して膣穴をえぐられて、少女の小さな口から嬌声がこぼれる。ペン先で突かれるたびに、セーラー服の肢体が跳ねる。

嫌なはずなのに、膣粘膜から燃えるような歓喜が沸き上がり、何度も何度も背筋を突き抜ける。奈々香の理性は、口を抑えるだけで精一杯だった。

「……おやぁ？　またペンが抜けにくくなりましたよ。おかしいですねぇ」

芝居めいた口調で、いかにも理由がわからないふうに少女の耳元に尋ねる。

深く刺さった油性ペンに、奈々香の幼膣がしっかりと食いついていた。膣粘膜は潤んでいるが、それ以上にペンを締めつけている。まるで抜いて欲しくないように、少女の膣ヒダが絡みついていた。

「くふふ、そんなに抜いてほしくないんですかぁ？」

皮肉たっぷりに鯰江は尋ねる。

男の左手が無垢な少女の恥丘のほうへ移動する。太く丸い指先が、ほとんど無毛の割れ目に沈み込む。陰唇の端の秘芽を探し当て、こすり上げる。

「……あぁッ、はぁっ、あっ、んふあぁぁぁッ！」

奈々香は派手に首を反らせた。あどけなくも艶っぽい声を、なんとか手で覆い隠すことができた。

膣粘膜とクリトリスを同時に責められて、二カ所からの快感電流を耐えきれない。望んでもいないのに、成長途中の女陰が痺れるような刺激を鮮やかに伝えてくる。秘芽を何度もこすり上げられ、膣粘膜をペン軸でぐりぐりと掻き回される。

愛蜜をにじみ出す幼膣は、男の弄《もてあそ》ぶ油性ペンに絡みつく。ぐっちゅ、にっちゅっという粘っこい淫音が、電車の騒音の中、少女の体内に響いてくる。

男の指は単純な動きしかしていないのに、繰り返されているうちに、奈々香の中でよくわからない衝動がどんどん膨れ上がっていく。

女性器をいじられる快感に頭の中まで染まってきた頃、ふいに鯰江の左手がクリトリスから離れた。

紺色のプリーツ生地の上をぞわぞわと這い上り、ウエスト部分に潜り込む。すべすべの白く滑らかな素肌は、やや汗ばんでいた。

中年男の指先は、高級食パンのようななだらかな腹部の凹みを愛おしげに撫で回す。ひとしきり、そのやわらかな感触を楽しんだ後、太い指先がおへその穴に突っ込まれた。

形のいい、縦長の慎ましやかなおへその穴が、男の指の太さまで拡げられる。太く丸い指先が小刻みに振動すると、肉付きの薄い少女の腹部が小さく波打つ。

「くふふ、奈々香ちゃんのおへそは、とても小さくて可愛らしいですねぇ」

美少女のへそ穴に指をねじ込みつつ、鯰江は低い声で囁きかける。押し込まれている指先が痛いが、それさえも奈々香の中で快感にすり替わっていく。

嫌なのに、それが気持ちいい。

中年男の左手がおへそから、もぞもぞと上の方に移動した。セーラー服の裾をまくり上げつつ、みぞおちのあたりを撫で回している。

おぞましいものから顔を背けるように、奈々香は首を斜めにひねった。

可憐な口をきゅっと結び、眉を寄せている。すぐ胸元にまで迫った鯰江の手に、怯えと諦めの混じった瞳を半開きにして、でも目を逸らすことができない。

同級生の女子と比べても、控えめな二つの乳房。どうしてもっと胸が大きくないのかと、密かな悩みの種でもある双丘。

そのコンプレックスの塊へ、鯰江の手が近づく。

セーラー服の下のAカップブラに男の指先が触れる。石鹸の泡のようにはかなげな純白のブラジャー、そのカップの頂上が、ぺこんと凹んだ。

思わず奈々香は小さな手で、鯰江の手を掴んでしまう。これ以上触られたくない、と少女の理性が正気を取り戻した。

「……ゃ、やめて……くだ、さぃ……」

吐息を思わせる声で奈々香は抵抗する。

鋼鉄を切り裂くような耳障りな騒音が響く。乗客全員の重心が、進行方向に一気に引き寄せられる。奈々香の最寄り駅の、ひとつ手前の駅に電車が停まった。

もう、ここでかまわない。

セーラー服の美少女は素早く身を翻《ひるがえ》して、降りる人波に紛れ込む。人混みに揉まれながら、慌ててめくれた制服の裾を直す。

背の高い人波に流されて、車内の鯰江を振り返ることもできない。

ホームに降りた奈々香は、その場にへたり込む……ことも許されず、なんとか安っぽいベンチまで移動した。

家路を急ぐ人の群れが、奈々香には目もくれず足早に通り過ぎて行く。

静けさを取り戻したホームに一人、セーラー服の少女がベンチの座面に手をついてしゃがみ込んでいる。

乱れた髪が一本、少女の頬に張り付いていた。蒸し暑いそよ風に、ふわふわと無邪気にたなびいている。

「……はぁぁ………」

やっと落ち着いてきた奈々香は、溜息をこぼす。

きょうの夕方はいろいろなことがありすぎて、頭の中が整理できていない。

ふいに熱い涙が込み上げてきた。次から次へと溢れてくる。

ファーストキスを中年男に奪われたこともショックだったし、まだ誰にも汚されていなかった恥部を好き勝手に弄ばれたこともショックだった。

（……は、初めて、だったのにぃぃ…………）

後悔と涙が溢れて止まらない。

次に来た電車から、また人の群れが吐き出される。一人泣き崩れる少女に、声をかける者は誰もいなかった。

かまってもらえないほうが、まだ気楽だと思えた。

しばらくの間、奈々香はベンチの座面に突っ伏して泣いていた。

何分経ったか、ベンチの背に手をかけて、ゆらりと力なく奈々香は立ち上がった。

すると、

「……んっ？　ふぁぁぁっ…………？」

敏感粘膜をこすって何かがヌルリと、ゆっくり滑り落ちた。

微かな音を立てて、油性ペンがホームの床を転がる。

恥ずかしい体液にまみれたそれは、ところどころに赤い血の跡が幾筋か残っていた。

＊

自室で奈々香はパジャマに着替えていた。

勉強机のイスに座って、膝を抱《かか》えている。

お腹が——下腹部の奥のほうが痛い。辱《はずかし》められた油性ペンは抜けたのに、まだ見えないペンが刺さっている感じがして、すごい違和感がずっと残っている。

ベンチから立ち上がったあと、ずらされた下着をトイレで元に戻し、あとから来た電車に乗って帰った。その間、鯰江からの連絡は一切来なかった。

こちらから何と言って連絡をすればいいか思いつかず、また連絡するべきなのかどうかもわからない。

「はぁ………」

帰宅してから何度目かわからない溜息をつく。

机の上には、例の油性ペンが一本。トイレで恥ずかしい体液は拭《ぬぐ》ったから、血の痕《あと》は残っていない。

(……やっぱり、メッセージは入れた方がいいのかな……このペンも返さないといけないよね……でも……わたしから連絡するなんて、なんだか……)

はしたないような、おっくうなような、無責任なような……考えがまとまらない。

無意識のうちにローティーンの少女は、また溜息をついてしまう。

(……あっ、車の修理代、全然足りてないんだった……やっぱり、払わないといけないんだけど……でも……残りのお金は、どうしたら……)

中等生にとっては途方もない大金を、返すあてがまったく無い。

(……でも……あんなエッチなコト……、も、もう、イヤだし……)

奈々香は、つい先ほど電車内や階段で受けた辱めを思い出した。

全然知らない男子高校生に、誰にも見せたことのない恥裂の中を撮影されてしまった。電車内でも誰かに、鯰江に嬲られているところを見られていたかもしれない。

また泣きそうになる代わりに、ちくっ……と膣の奥で何かが反応した。

奈々香は、ますます背を丸める。顔が熱くなってくるのがわかる。

パジャマを穿いた太ももをこすり合わせる。もじもじと腰がくねる。

(……やっぱり、わたし、ヘンだ……お腹の奥のほうがじんじん痛い……なんだろ、これ……なんかアソコの奥が、真空にでもなったみたいな……)

少しためらったあと、奈々香は、そぉぉぉ……と自分の恥裂に手を伸ばす。

生理の時以外は触ることなんてない、禁忌の割れ目。

思春期の少女の肌は、微かに汗ばんでくる。

奈々香は息を止めている。恐る恐る細く幼い指先が、秘密の割れ目に触れた。

やわらかな蕾が、ふにと歪んで、白く細い指先を受け入れる。

ふぅ……と、少女は息を漏らす。どうやら濡れていなかったようだ。

念のために、少し指を曲げて陰唇の内側も確認しておく。

あどけない指先が、ほとんど無毛の大陰唇を割って入っていく。じんわりと温かい桜色の粘膜に触れた。

すっ……と敏感な粘膜を撫でてみる。

「……ひぅッ……！」

ビクンと誰かに驚かされたように、少女の身体がイスの上で跳ねる。がたんっと脛を勉強机の角にぶつけてしまう。

「あっ、いたたた……」

左手で脛をさすりながら、動悸が速まっていくのがわかる。

確かに、ひやっと熱いような冷たいような奇妙な感覚が走り抜けた。奈々香は知っている。あのときと同じ感覚。

鮎江に触られたときに感じた、あの身体中が甘く痺れるみたいな感覚。

自分で触ってみて、こんな刺激を感じたのは初めてだった。思春期の好奇心が、あどけない指先を動かす。

さすがにクリトリスを触るのは怖かったので、もう一度、大陰唇の裏を撫でてみる。

——ピリッ！　ビクン!!

痛いわけではないのに、勝手に身体が跳ねた。こそばゆいような、むず痒いような、何とも言いがたい感覚が、さらに好奇心を焚き付ける。

今度はゆっくりゆっくり、敏感粘膜をさすってみる。

「……あっ……あぁ……ふぁ、あぁぁぁ……」

少女の細い喉から、心地よさそうな声がしぼり出された。

知らず知らず、身体が仰け反り、小さな顎が天井に向く。

奈々香には、まだオナニーの経験は無かった。中年男に嬲られた、この日が初めての自慰行為だ。

桜色の粘膜の感触を確かめるように、そろりそろりと指先を滑らせていく。指先と粘膜が少しこすれるだけで、ピリピリッ……じんじんじんと度数の高いアルコールのように反応して秘部が熱くなった。

奈々香は何度も何度も同じ所をこすっている。単純な往復の動きなのに、次第に奇妙な感覚が気持ちよくなってくる。

（……わたし、なんてことをしてるんだろ……アソコをいじるなんて、こんな……いやらしいことを……こんな淫らなコト、しちゃダメなのに……ダメなのに……指を動かすのが、止《と》められない……）

幼い膣ヒダが物欲しそうにうねる。膣の奥が、きゅうぅんと、してくる。じわじわと透明な愛蜜がにじみ出してきた。

単純な指先の往復運動が止められない。ゆっくりと敏感粘膜をこするたびに、むず痒さが解消して、達成感と共にまた、むず痒くなってくる。

同じことの繰り返しなのに、全然飽きない。むしろ急かされるような気持ちになってしまって、次第に指先の動きが速くなる。

心を奪われた思春期の少女は、幼い蕾をこすり続けた。

ぴくん、ぴくん、と丸まった奈々香の身体が、しゃっくりのように小刻みに震える。

（……あぅ……こんなコト……ダメなのに……でも、止められない……なんだろ、なんか幸せな気持ちになって……イヤなコトも、なんか忘れちゃいそう……）

好奇心が指先を小さな蜜穴に導いていく。

桜色をした金魚の口のような膣穴に、あどけない人差し指がゆっくり沈み込む。にじみ出した愛液で、ぬるりと、いとも簡単に第一関節まで入ってしまう。

「……あッ、……あぁぁ……う、くぅぅぅ……」

満足げな少女の艶っぽい溜息がこぼれた。

中等生女子の静かな勉強部屋に、湿っぽい吐息と甘酸っぱい発情臭が漂う。

幼膣が細い指先を、きゅうっと愛しげに締めつけた。ぬるぬるの敏感粘膜は指先の摩擦だけで、燃え上がりそうなくらい熱く充血する。

血液と神経が膣穴に集中して、こすられる膣粘膜が心地いい。もっと深く指先を入れても良いような気がしてくる。

もっと快感が欲しくなる。

ごく自然なことのように奈々香の幼い指先は、さらに奥へ沈む込んだ。幼膣のヒダは、密かに熱く火照り、ねっとりと蜜をにじませていた。

「……ンッ、ふゅわぁぁっ……」

喘ぎ声を震わせて、あどけない少女の身体がブルブル痙攣する。白く細い喉を反らせて、可憐な桜色の唇からは驚きと満足感の入り混じった声がこぼれた。

（……い、いけないコトなのに……こんなコト、いけないのに……ダメ、止《と》められない……これ、すごく……いい気持ち……）

やわらかく潤んだ膣ヒダが一斉に、少女の細い人差し指に絡みつく。少しずつ幼膣から指を抜いていくと、摩擦で甘い刺激がじわじわと燃え上がる。

未熟な膣ヒダが、きゅううっ、と引き止めるように少女の指に吸いついた。

（……あっ……す、すごい……こんなに、きつく……わたしの身体なのに、わたしのじゃないみたい……）

僅か二センチほどを指で前後にこすっただけで、こんなに気持ちいい。奈々香は、さらに奥へ指先を突っ込んでみた。

指の腹にコリッとした部分が引っかかる。同時に、皮膚に染みるような痛みが走る。

「いたっ……」

油性ペンで弄ばれたせいで、処女膜が傷ついていた。

膣口の浅い所にリングを思わせる引っかかりがある。指は入りそうだが、こすれると痛い。

しかし、その奥にむず痒いポイントがあるみたいな気がする。

ゆっくり、ゆっくりと、様子を見ながら指を突っ込んでみる。

「……いっ、たぁぁ…………」

ヒリつく痛みに奈々香は、ぎゅっと目を閉じた。

もしかすると、もう処女膜は破れてしまったのかもしれない。あのいやらしい鯰江の手で……。

後悔と落胆が、ローティーンの心の奥に渦巻く。きょう一日だけでファーストキスと処女まで奪われてしまった。最低最悪の日だった。

打ちひしがれた心のまま、少女は人差し指をゆっくり、幼膣から引き抜く。

(……こんな、バカなコトしてる場合じゃなかった……なにやってるんだろ、わたし……)

ぬるんと細く小さな指が、小さな膣口から抜け出る。

「……んぅっ……」

びくんと、背を丸めた少女の身体が震える。蜜に濡れた指先が膣口をこすったせいで、一瞬だけ快感が走った。

きょう遭った嫌なことを忘れたい——そんな想いがあったのか、粘液に光る指先は膣穴から一旦離れたが、大陰唇の裏に引き寄せられてしまう。

桜色のくしゅくしゅ粘膜を、蜜の付いた指先でこする。やわらかく頼りないビラビラが指先に絡みつく。

滑りにくい指先で陰唇をなぞっていく。

ゾクッと燃え上がりそうな寒気が背筋を駆け抜けた。そのあとに訪れる微かな幸福感。奈々香の指は、陰唇から離れられない。

下腹の奥のほうが、切なくて痛い。

ひくっ、ひくっと物欲しげに膣口が微動している。ウブな膣穴から透明な粘液が、とろり……と湧き出した。

何かに操られるように、奈々香は人差し指を膣穴に挿し込み、蜜を絡めた指先で敏感粘膜をこする。少女は切れ切れな吐息を漏らす。

(……もう、やめようって思ったのに……でも……もう少し……もう少しだけ……)

膣穴から蜜をすくい、その指先で陰唇の裏をこする。単純な作業を、何度も何度も奈々香は繰り返した。

膣奥の疼きを抑えるために、代わりに陰唇をこすることで紛らわすように無意識で指先を動かしていた。満たされない情動を解消する方法が、奈々香には思いつかなかった。

何度こすっても決して終わりに辿《たど》り着かない自慰行為に、奈々香は疲れてくる。

次第に指先の動きが緩慢になる。

やがて、ショーツに突っ込んでいた右手の動きが、ゆっくりと止まった。

(……はぁ……宿題、しなきゃ……)

言い訳のように学生の本分を思い出して、気が向かなそうに勉強机に向きなおる。

蜜が乾いた指先でシャーペンを握り、宿題を解いていく。

数十分、中二少女は机に向かっていた。その間も、ずっと下腹の疼きを忘れようとしていた。

思いがけず、机の上の油性ペンに目が留まった。

右手が勝手に恥ずかしい油性ペンを摑む。鯰江に挿入された油性ペン。

誰に命令されたわけでもないのに、奈々香はパジャマの下とショーツを脱ぎ去る。

下半身だけ素っ裸になり、自らのつるりとした恥丘を見下ろす。

火照ったままの割れ目に、そろそろと油性ペンを近づけていく。ふと奈々香は、ペンを握った手を机の引き出しに伸ばした。

引き出しの中から、女の子らしいピンク色の小物を取り出す。それは子猫のシルエットを象《かたど》った手鏡だった。

鏡を左手に持って、ほころんだ恥裂を右手の油性ペンで、くいと拡げてみる。

一瞬、奈々香は息が止まってしまった。

トイレで毎日触れていても、鏡越しに自分の秘部を観察することなど、今まで無かった。鏡に映った恥裂は、想像以上に複雑でいびつな形をしていた。

つるりとした周りの素肌とは対照的に、その部分はぐちゃぐちゃしていた。

桃の果実の断面を思わせる、赤く色づいた花唇が縦に割れている。恥ずかしい中心部は、にじみ出た蜜で潤んでいた。

こんな醜いものを見知らぬ男子高校生に撮られたかと思うと、たまらなく恥ずかしくて、あの恥辱を記憶と一緒に地中深くに埋めたくなる。

（……こ、こんなのがついてるから、わたしは……わたしは、あんな恥ずかしいことに……こんなの、なかったら、あんなコトにならなかったのに……）

ローティーンの心が締めつけられそうに痛む。

行き場のない後悔と憎しみに似た情動に駆られ、握ったペンを恥裂に突き刺した。

くち、くちと自分の秘部を小突き回す。

目の周りを真っ赤にして、奈々香は無心で膣口を攻撃する。

「んひぃうっ！」

ぬるりと膣口から滑ったペン先が膣穴に突き刺さった。途端に、身体中に甘く痺れる電流が駆け巡る。

イスの上で丸まる奈々香の身体が、ビクッと跳ね上がった。細くきゃしゃな首を反らせ、閉じた瞼には小さな涙がにじむ。

（……ど、どうして、こんなに……身体が……す、すごい……これ、なんか……温かくて幸せな感じ……）

突き刺した油性ペンを引き抜く。潤んだ無数の膣ヒダがこすられて、背筋をゾクッと冷たくて熱い感覚が駆け上がった。

もう一度、ヒクヒク震える膣穴にペンを、今度は勢いよく突き刺す。弾け飛ぶような快感が、下腹部から全身に拡散する。

「んッ、はぁぁぁぁ………」

むず痒かった膣粘膜が、ペン軸に引っ掻かれて狂喜しているみたいだ。奈々香は絞り出すような長い溜息を漏らした。

思い出したくもない恥辱を忘れ去るつもりで、油性ペンの抜き差しに集中する。

「……んっ、んっ、んっ、はぁっ、あっ、はぁっ、はぁ、イっ、あぁっ、はぁっ」

初めてとは思えないペースで、幼膣に油性ペンを何度も突き刺す。ときどき傷ついた処女膜を激しくこすってしまい、痛みに小さな悲鳴をあげた。

それでも膣内のむず痒さが勝ってしまい、自慰を止められない。

桜色の敏感粘膜は、甘酸っぱい匂いを振りまきつつ、愛蜜をじゅわじゅわとにじませ続けている。ぬめる膣ヒダが前後にこすられるたびに、むず痒さが快感に変わっていく。

刹那の幸福感が何度も訪れる行為に、奈々香は自分を忘れてしまいそうだった。ただ夢中に幼膣をこするだけで、幸せな気分になる。

そんな心地よさを、ピリッとした痛みがしばしば邪魔をした。最後に残った未成熟な倫理観のように、傷ついた粘膜が抵抗する。

けれども奈々香の右手は、油性ペンの抽送を止められない。もっともっと幸せな気持ちがほしくなる。

むしろ自傷行為にも似た自暴自棄な思いで、傷ついた処女の証《あかし》を痛めつけた。

(……こ、こんなのが、あるからっ……こんなのが……わたし、わたし……イヤなこと、もう忘れたいの……っ)

少女の額は、うっすらと汗ばんでいる。傷ついた処女膜が、すり切れるように痛い。

しかし油性ペンの軸にこすられているうちに、痛痒《いたかゆ》い感覚に変わってくる。

痛くて、でも、むず痒い。痛みさえ、ワサビのように心地よく感じてくる。

奈々香は取り憑かれたように、右手の油性ペンを動かした。

止《と》められない。

潤んだ桜色の膣ヒダが、こすられるたびに燃え上がるような快感を生み出す。すり切れる痛みも、一層快感を引き立てた。ない交ぜになった劣情が高まっていく。

握っていた手鏡を危うい動きで机に置くと、左手もぱっくり開いた陰唇に引き寄せられていく。

両手で油性ペンを摑み、全力で抜き差しした。硬くて細長いものが、蜜に濡れた幼膣を責める。熟したイチジクの実のような膣ヒダが掻き乱されて、にっちゅ、くっちゅと粘っこい水音をたてる。

下半身ハダカの少女はストレートの黒髪を波打たせ、右に左に首を振る。膣穴を責め立てるのが気持ちいい。劣情から逃れられない自分を責めているのが心地いい。

「あっ、ああッ……はぁッ、はぁうっ……ひぃうっ、はぁ、んっ、くふぅううっ……」

まだあどけない唇を半開きにして、眉根を寄せて、女陰から沸き上がってくる快感に身をよじらせる。

女子中等生の甘くフローラルな香りに満ちた部屋に、悩ましげな吐息と芳《かぐわ》しい発情臭が漂う。イスの座面が、淫蜜にしっとりと濡れていた。

膣穴からの刺激だけでは物足りなく感じ、新たな刺激を求めて左手がチェリーピンクの陰唇裏に滑っていく。

油性ペンを咥えた膣口から溢れた蜜をすくい、小陰唇の粘膜にすりつけた。膣穴の抽送に合わせて、赤く充血した陰唇粘膜をぬちゅぬちゅとこする。

「んッ……い、いぅぅぅんッ……んっ、んっ、んふぁぁあっ……あ、はぁぁぁあっ、はぁあっ、はぁぁぁ……」

二カ所からの快感に、奈々香は夢中になって慰めてしまう。秘裂を責め立てるのが止められない。快感が次々に湧き上がってくるのだ。

今ならクリトリスをいじっても痛くないかもしれない。左手の指先が、割れ目の前へと移動していく。

あどけなさの残る白い指先が、針穴のような尿道口に触れた。ぞわ……と、全身の力が抜けるような感覚が込み上げてくる。

「……んっ、ふぁ、ぁ、ぁ………」

極小の穴の周りを指先でなぞる。円を描くように、くるっ、くるっと指を滑らすと、微弱な甘い電流が奈々香を惚けさせた。

決して強烈な快感ではないが、それゆえに何度も何度もいじっていられる。どこかに流されずに、ただ同じ所でたゆたうような、繰り返しずっと楽しんでいられる快感。むしろ膣穴よりも、こちらのほうが気に入っていた。

人差し指の先で、尿道口の縁をくり、くりりと円形になぞる。全身の筋肉が脱力するくらい、優しい快感が温かく拡がる。

本格的なオナニーは初めての奈々香だったが、偶然、感度のいい部分を見つけていた。おかげで恥裂から手が離せない。

思いきってビラビラの陰唇を拡げてみる。赤く染まった桜色のくしゅくしゅ粘膜を、指先でこする。

身体中が震え上がるような、冷たいような熱いような快感電流が突き抜けた。イスの上で股を開いた美少女の身体が、ビクンッと跳ねる。

(……こ、この感じ……覚えてる……鯰江さんに、ひどいことされたときと同じ……い、いやっ、そんな目で見ないでぇ……)

夕方の恥辱を思い出す。忘れてしまいたいのに、あの男子高校生の目つきや鯰江の指の動きを思い出してしまう。

性欲に満ちた視線が、拡げられた恥裂の内側にチクチクと突き刺さる。潤む薄桃色の敏感花びら、そのヒダの一つ一つにいやらしい視線が入り込んでくるようだ。

「……あ、あぅ……や、や……あ、ぁ……」

奈々香は男子高校生の視線に犯されている気分になる。大人しそうだった彼が、目だけは大きく見開いて、セーラー服美少女のあらわになった割れ目を凝視している。マグロの大トロのように綺麗な桜色をした、やわらかく折り重なった媚唇。その中心は微かに蜜をたたえ、誰のペニスも受け入れていない、まっさらで小さな膣穴が口を開けている。

男子高校生の目は、その無垢な女陰の隅々を舐めるように観察していた。一切触れていないのに、恥ずかしい割れ目を彼にいじられているように感じる。

媚唇に触れている空気さえ、彼の一部のように思えてチリチリと焦がれてくる。空気に触れているだけなのに、いやらしく秘裂をいじられているように感じてしまう。

（……あ、あぅぅ……み、見ないで……お、お願い……こんな、わたしを……エッチな目で見ないでぇ……）

オナニーを続ける奈々香は男子高校生の妄想で、一人昂《たかぶ》ってくる。閉じた瞼の裏に、あの男子の顔が張りついていた。

少女のあどけない指先は、尿道口の縁をなぞり、くしゅくしゅの媚唇をこすり、また尿道口へと忙《せわ》しそうに動き回っている。

「……あッ、あぁぁっ、やっ、いやッ、だめ、だめッ、あっ、あはぁッ」

肉眼では見えない妄想から逃れるように、奈々香は激しく首を左右に振ってもだえる。嫌なのに気持ちいい。

右手の油性ペンも激しくピストンし始める。

あのいかがわしい中年男の顔が、吐息が、手つきが、まるですぐ横にいるように思えてくる。

白く清楚な太ももを百八十度近く開いて、潤んだ膣穴にペンの先を何度も突き入れた。ペンのキャップの角が、むず痒い膣壁をこするのが心地いい。傷ついて痛痒い処女膜をいたぶるのが気持ちいい。

(……あ、あっ……い、いやぁ……こんなの、いやぁ……やめて、やめて……あッ、あぁぁっ……いや、いやぁ……)

鯰江に責め立てられているような感覚になってくる。

あのとき、もっといじってほしかった部分を、油性ペンの先でぐりぐりと責めてみる。あのおじさんなら、きっと、こうしてたはず……奈々香は中年男の手つきを思い出しながら、右手の油性ペンを抽送させた。

処女膜の手前、そのあたりの膣粘膜が全体的にむず痒い。あのときここを、もっといじってほしかった。

目を固く閉じたまま、奈々香は右手のペン先を疼く部分にこすりつける。ペン軸をねじるように回転させて、キャップの角で敏感粘膜を摩擦する。

「……あッ、あぁッ！　はぁッ、す、すごぃ……んんッ、あッ、んはぁッ！」

一オクターブ高い声をあげて、美少女は黒髪を左右に振り乱す。両親に声が聞かれてしまうかもしれないのに、感極まって声をあげてしまった。

思春期の幼膣が、細長いペン軸を咥えて離さない。

さらに収縮した膣壁にペン軸がこすれて、熱く甘い電流が少女の細腰に、背筋に、つま先に駆け抜ける。夢中になって奈々香は、油性ペンをぐりぐりとこね回した。

膣内が焼けつきそうに熱く疼いている。そこを細長いペンでこすると、痺れ上がるくらいの幸福感が湧き起こってくる。

もっと幸せな感じを味わいたくて、疼きっぱなしの膣壁をまた摩擦した。すると期待どおりの快感と幸福感に全身が包まれる。

いかがわしい自慰行為に夢中になる。

イスの座面は汗と淫蜜でべったり濡れ、少女のお尻と太ももにへばりついている。

おでこは汗ばみ、か細い前髪が数本貼りついていた。

熱病のように「はぁっ、はぁっ、はぁっ」と荒く湿った息を吐く。それでも奈々香は恥裂をいじることを止められない。

だが突然、下腹部《こら》の奥で何か液体の溢れそうな感覚が訪れた。

このまま尿意を堪えて、膣穴の抽送を続けたいが、どうにも漏れそうな気がした。

やや残念そうに奈々香は立ち上がり、慌ててパジャマの下とショーツを穿くと、トイレに急いだ。

便座に腰を下ろし、再びパジャマと下着をずらす。

数分待って、ようやく、ちょろちょろと水音が便器から聞こえてきた。あれだけ漏れそうな感じだったのに、と奈々香は不思議に思った。

温水便座のビデのボタンを押す。暖かな水流が、まだ閉じきっていない恥裂に噴きつけられる。

停止のボタンを押そうとして、ふと好奇心から、ビデの横にあるボタンに人差し指を乗せた。おずおずと少女はお尻を奥にずらして座り直す。

「……んぅ……っ……んぁっ、あっ、あぁっ……」

低いモーター音と共に、洗浄する穴の位置が変わった。水流の勢いも増す。肛門を洗うはずだった水柱が会陰を洗い、恥裂に当たる。温水が奈々香の膣穴に勢いよくヒットし、思わず悩ましげな声を漏らしてしまう。

（……こ、これも……ちょっと、いい……かも……）

すると、トイレのドア越しに両親の声が微かに聞こえてきた。咄嗟に奈々香は口を覆う。

（もしかして、はしたない声、聞かれちゃった……？）

気恥ずかしい気持ちいっぱいで、こっそりとトイレを出た。

リビングの両親の様子を窺《うかが》ってみる。どうやら父親が母親に、小遣いのアップをお願いしているらしい。気配を消して、会話の続きに耳を澄ます。

「——頼むよ、一万円じゃあ、飲みにいけないじゃないか。お願いだからさぁ……」

そのとき初めて、奈々香は父親の一カ月の小遣いが一万円だと知った。父親は普通のサラリーマン。家は飛びきり貧乏ではないし、飛びきり裕福でもない。一般的なごくごく普通の家庭だと思っている。

奈々香につけられた二万円という金額は、とてもありえないほどの大金だと思った。

到底、お金を借りられるはずがない、と落胆した。

ガッカリして自室に戻ると、スマホの画面が光っていた。
嬉しくないメッセージが着信していた。

第四章　少女に目覚める被虐心

火曜日の放課後。

奈々香は車に乗せられていた。

うつむいた幼顔には厚めのアイマスクがつけられ、両手首は後ろで銀色に光る手錠に拘束され、シートベルトで身体を固定されている。

罪の意識のある奈々香は、鯰江には逆らえない。

質素なワンボックスカーの後部座席に、セーラー服の美少女が大人しく、黒いアイマスクと手錠をされている姿は、そのままSMグラビアの一画像のようだった。

後部座席の窓ガラスには黒いフィルムが貼られており、車外からは拘束された奈々香の姿をまったく見ることができなくなっていた。

「……どうして、あんな所で待ってたんですか……？」

静かな口調で奈々香は尋ねる。

表には出さないが、鯰江に対する不審と不平が込められていた。

「きょうは、奈々香ちゃん、部活はなかったんですかぁ？」

拘束美少女の質問を無視して、運転しながら鯰江は逆に質問を返す。

最初、鯰江は月曜日を指定してきたが、その日はクラブ活動があったので、やむなく彼女は翌日を選んだ。火曜日は部活が休みだった。

奈々香は、女子バレー部に所属している。特にバレーボールが好きというわけでも、得意というわけでもない。ただ仲のいいクラスメイトが入る、というから一緒に入部しただけだった。奈々香には、やりたいことも特技も無かった。

「……きょうは、部活、休みですから……。そ、それより、どうして、あんな所で待ってたんですか？　約束の場所は駅前だったはず、です……」

同じ質問を少女は繰り返した。最後のほうは、自信なさげにだんだんと声が小さくなる。

「いえ、駅に向かう奈々香ちゃんを、たまたま見かけたからですよ。それが、そんなに変なことですか？」

いかにも当然なことのように、後ろを振り向かないまま鯰江は返答する。

もちろん嘘をついていた。

鯰江にしてみれば、人の目と防犯カメラの多い駅前で待ち合わせなどすれば、あとあと自分の首を絞めることは自明の理だった。

男の車は、学校から駅に向かう途中の公園に停車していた。待ち伏せをしていたのは、奈々香でも薄々わかった。彼女の向かう先に、すでに車は停まっていたのだ。

しかし、それを尋ねても、鯰江は平然と嘘を口にした。奈々香は、この中年男を信用できないでいた。

彼女が乗っていた自転車は、車に乗せられた公園に置いてきた。また帰りに拾って帰らないと、と奈々香は解放されてからのことを無理に考えていた。

これから起こることを考えないためだった。


「すいませんねぇ、目隠しなんかさせて。この場所は秘密なものですから」

ワンボックスカーのスライドドアを開けながら、鯰江は愉快そうに言い訳をする。

どうやら目的地に着いたらしい。二十分も走っていない気がする。

後部座席に座っていた奈々香は、拘束されたままの腕を引かれてそろそろと車を降りる。怯える黒いローファーが、ネジ釘のようなものを蹴飛ばして、小さな金属音を立てた。

「……どこに……着いたんですか……？」

アイマスクと手錠を装着されたまま、奈々香は身を屈《かが》めるように立っていた。

セーラー服少女の疑問には答えず、中年男はさっさと手を取って先導する。カチャッとドアの鍵を開ける音がした。

「あ、そこ段になってますから。そうそう」

どうやら建物のドアをくぐったらしい。背後でドアが騒々しく閉まった。

びくっと奈々香は身体を震わせる。

どこかの建物の中は、静かだった。少し音が反響している。鼻をツンと突く石油のような臭いがする。

「……あ、あの……鯰江さ……」

心細くなって中年男の名前を呼ぼうとして、口を大きな手で塞がれた。

「しっ……。僕の名前を口にしないでください。普通に、おじさん、とでも呼んでください。わかりましたね？」

低く小さな声で、奈々香の耳に囁《ささや》きかける。返事ができないセーラー服の少女は首をこくこく、と縦に振った。

(……えっ？　どうして？　変わった名前だから……？　ううんっ、たぶん違う……名前を聞かれたら、困るのかしら……？　たとえば他の誰かに……えっ、もしかして誰かいるの？　でも、どうして……？)

疑問と不安が、奈々香の心をキリキリと締めつける。

目隠しをされたままなので、あたりを見渡すこともできない。人の気配も分からない。ここが、どこなのかさえ知らない。

「……お、おじさん、ここは……」

思わず疑問が口をついた。その口をグニグニとした生暖かいものが塞ぐ。質問を最後まで言う前に、桜色の可憐な唇を吸われる。

「……んッ、んっ、んむぅぅ……んあっ、んむっ……」

無防備なセーラー服の身体を抱きしめられ、ねっとりとした口づけをされる。覚えのある中年男の唾液の臭い。

一瞬、身体を強《こわ》ばらせて、中年太りの身体を突き放そうとしたが、諦めたように少女の腕から次第に力が抜けていった。

小さな桜色の唇を割って、ぬるぬるしたナマコみたいな舌が侵入してくる。白いベビーコーンのように小さく整列した歯を、ねちょねちょと舐められる。

目隠しをされているせいか、いつもよりも敏感に鯰江の舌の動きが感じられる。男の舌が歯茎をこするたびに、微弱な甘い電流が全身を走った。

（……やっ！　キスしていい、なんて言ってないのに……こんなの、もうイヤなのに……でも……でも、このゾクゾクする感じが……だ、ダメぇ、わたし、またヘンになっちゃいそう……）

中年男の手がセーラー服のスカートをめくり上げる。緊張して震えるすべらかな太ももが現れる。紺色の布地が、白い素肌を一層白く艶《なま》めかしく際立たせていた。

じわっと太ももに男の体温が伝わる。鯰江の手に、微かに泡立った白い内ももを撫でられていた。さも愛おしそうに奈々香のすべすべの生脚を、下から上へとゆっくり何度も撫で上げている。

男の手が這い上がるたびに、とゾクっ、ゾクっと劣情を刺激される。

もう十センチも手が上がってきたら、そこには恥ずかしい割れ目がある。また恥裂をいじられてしまう。中年男の好きにされてしまう。

そう思うと、勝手に秘裂がムズムズしてくる。

太ももを這いずり回る、生温かい男の体温の動きに神経が集中する。中年男の手の行き先が気になる。あと少しで恥部に辿《たど》り着いてしまう。

（……もぉ……こんなのイヤなのに……やめてやめてっ……もう帰りたいよぉ……やめてよぉ……）

嫌がれば嫌がるほど、太ももの感覚が敏感になった。男の体温が、むず痒い恥裂にまで伝わってくるような気がする。

だが、いつまでも二つの太ももを交互に撫でているだけで、一向に秘部に触れてこない。奈々香は心のどこかで、憤《いきどお》りに近い感情を覚えていた。

やっと鯰江の厚ぼったい唇が離れた。可憐な桜色の唇の端から、二人の混ざった唾液が細く垂れている。

「……んぷぁっ、はぁっ、はぁっ、はぁっ…………や、やめて……くだ、さい……」

息を切らしながら奈々香は、か細い声で呟《つぶや》くように懇願する。唇は離れたが男の手は、しつこく内ももを撫でさすっていた。

「くふふ、すみませんねぇ。でも、こんな楽しいこと、やめられませんよ」

鯰江は少女の内ももをさすりつつ、白く細い首に舌を這わせる。紺色のセーラーの襟から覗く首元に、唾液を塗りつけていく。

鎖骨から喉元に続く、白く滑らかな起伏を舌先でなぞられる。幼さの残る素肌は、つるっとしているようで、しっとりと吸いつき、男の舌を楽しませた。

「……あの……手錠と目隠し、はずしてください……に、逃げません、から……」

後ろ手に拘束されたセーラー服の美少女は、諦めたような口調でお願いする。中等部に通う少女でも、今さら逃がしてもらえないことは容易に想像できた。

「本当ですかぁ？　でも奈々香ちゃん、この前は勝手に帰ってしまいましたよね？　残念ですが信用できませんねぇ」

奈々香の形のいい耳たぶを甘嚙みして、低い声でたしなめる。

少女の外耳は、短く微細でやわらかな産毛《うぶげ》で覆われている。それが中年男の唾液のついた所だけ寝かされて、肌に貼りついていた。

「……ごっ、ごめんなさい……あのときは……怖くて…………じゃ、じゃあ……め、目隠しだけでも……お願い、します……」

もちろん手錠もはずしてほしいが、少なくとも目が見えないのは不安で不安で、しようがない。

ここがどこなのかもわからないし、もしかしたら他にも大勢の男たちがいるかもしれない。現実を見てしまうのは怖いが、見えないままなのは、もっと怖い。

「ほぉ～、手錠もはずしてあげようと思ってたんですが。奈々香ちゃんが、そういうなら手錠は残してあげましょうか。くっふふっ。まったく仕方ない子ですねぇ」

鯰江は、にたぁと、いやらしく口角を上げていた。予想以上の返事に満足しているようだ。逆に奈々香は、しまった、と後悔していた。

（……やっぱり手錠もはずしてほしい、って言うんだった……）

後ろ手に拘束されたまま、奈々香は目をしばたたかせた。

すぐにピントが合わない。アイマスクの下で、ずっと目は閉じていた。ハッキリと見えてくるまで、しばらくの時間を要した。

やがて、少し暗い室内にいることがわかってきた。

想像していたよりも大きな部屋だった。

奥のほうに、ボンネットを開けたままの乗用車らしい黒いシルエットが見える。その上には、不気味にぶら下がったチェーン。車の周りには、いくつもの開封された段ボール箱と、数点の工具が点在している。

壁と屋根は、灰色のトタン板のような資材で囲まれていた。足下の床は、こぼれたオイルとペンキとタイヤ痕で汚れたままになっている。小規模な自動車点検工場らしい。

視界の中央には、目を引く巨大な縦長の四角い塊《かたまり》が直立していた。薄汚れた布で全面を覆われている。まるで天井に届いていない柱のようだ。

そして、一番目を合わせたくなかったのは——もう一人の男性の目。

奈々香は最初、誰だかわからなかったが、すぐに思い出した。駅の階段でスマホ撮影をされた、あの大人しそうな高校生の男子だった。

ずっと男子高校生が奈々香を注視していたことに気づいて、奈々香は慌てて目を背けた。黒縁メガネの彼は白の半袖シャツの制服姿で、面接でも受けるかのように姿勢よく、安っぽいパイプ椅子に腰を下ろしている。

彼は、布で覆われた巨大で四角い怪しい塊に向き合うかたちで座っていた。

「さぁ、奈々香ちゃんは、こちらへ。お客さんが待ってますよ」

〝お客さん〟とは、あの男子高校生のことらしい。

鯰江はセーラー服少女の二の腕を摑んで、怪しげな四角い塊のほうへ引っ張っていく。

近付くにつれて、その四角い塊は、とても大きいものだとわかってきた。高さは二メートルくらいある。

ばっさばっさと薄汚れた大きな布を、鯰江は大急ぎで縦長の直方体から引き剝がしていく。埃《ほこり》を巻き上げながら布の下から現れたのは、巨大な四角い箱のようなものだった。箱のこちら側には、ドアがついている。

奈々香は訳もわからず、呆然と怪しげな箱を見ている。すると中年男はドアを開け、彼女を大きな箱の中に押し込んだ。

「……えっ？　ええっ？　な、なんですか？」

素早く閉まったドアに、奈々香は質問する。

「奈々香ちゃん、お仕事ですよ。しっかりと稼いでくださいね」

ドア越しに皮肉めいた鯰江の声が聞こえてくる。きょうは、ここで何をされるのか不安になり、セーラー服の少女はドアを叩こうとした。

しかし、後ろ手に手錠をかけられたままだ。

「やっ、あのっ、な……お、おじさんっ？」

慌てふためく奈々香の目の前で、いきなり、ガチャリとドアが開いた。

「そうそう、忘れてました」

ニヤニヤ笑いをへばりつかせて、中年男が立っている。うろたえる奈々香の様子を楽しんでいるように見えた。

奈々香が何か言う前に、男は少女を後ろに向かせて手錠をはずした。ストレートヘアから、ふわり、と少女の甘い体臭とフローラルな香りが舞う。

手首をさする奈々香を、鯰江は強引にもう一度反転させる。

「……な、なんですか……それ……？」

男が突き出したものを見て、不審そうに奈々香は尋ねる。本当は薄々、答えを知っている気がする。それでも訊《き》かずにはいられなかった。

「なに、って、もちろん制服ですよ。ここで奈々香ちゃんが着るんですよ」

いかにも当然、といったふうに中年男は答える。男の突き出した両手には、綺麗に畳まれた、どこかの学校制服があった。

真っ白なブラウスと赤いタータンチェックのスカート、それと同じ柄のリボンが一番上に載せられている。

「……これを……き、着るんです、か……？」

鯰江の意図がわからず、少女は訝《いぶか》しげに上目遣いで尋ねる。

「奈々香ちゃん以外、誰が着るんですか？　さぁ、パッパと着替えて……と言いたいところですが、ゆっくり着替えていいですからね」

ニタニタ意味深な笑みを浮かべて、中年男はドアを閉めた。

（……ゆっくり着替えていいの……？　どういうこと？　ヘンなの……）

押しつけられた制服を抱《かか》えて、奈々香はくるり、とドアに背を向けた。着替え中を覗かれたくないので、ドアは背後の方が良い。

押し込まれた大きな箱の中を、奈々香は見回す。四面すべてが壁で囲われているので、思ったよりも狭く感じる。

天井は無く、点検工場の薄暗いトタン板が見えている。この箱の中を照らすための大きな丸い投光器が、真上に吊り下げられていて眩《まぶ》しい。

正面には、わりと大きな鏡。左右はアイボリー色の壁。大きな箱の中は、まるで試着室のようだった。

なんとなく鏡が普通よりも暗いように見える。なぜ映りがよくないのか、少しだけ気になった。

奈々香は、キョロキョロと不安げに周りを見回しながら、胸のえんじ色のリボンにおずおずと手をかけた。しゅるりと衣擦《きぬ》れの音とともに、セーラーの紺襟からリボンタイが引き抜かれる。

セーラー服の裾に手を伸ばし、少しためらって、スカートのウエスト部分を両手で掴む。スカートのファスナーを下ろしかけて、やっぱり思い直して、セーラー服の裾に両手を持っていく。

セーラー服の脇ファスナーを下ろしてから、器用に片腕ずつ服の中に引っ込めていく。そして裾を下から持ち上げて、頭からセーラー服を脱ぎ去った。

奈々香は首を左右に緩やかに振る。乱れた黒髪の毛先が軽やかに波打った。

純白の泡を思わせる儚《はかな》げなフリルのついたブラジャーが、少女のささやかな胸に張りついている。その控えめな膨らみが恥ずかしいのか、両腕で覆い隠したまま、そっと床にセーラー服を置いた。

ほのかに頬を染めた奈々香が、床に置かれた真っ白なブラウスのほうに手を伸ばしたとき、

「あー、そうそう、奈々香ちゃん。そんなことはないと思いますが、セーラー服は一旦、全部脱いでから着替えてくださいね」

薄い壁越しに、鯰江の声が響いた。

びくっと上半身を隠したままの少女は一瞬、動きを止める。

(……えっ？　ええっ？　どうして？　見えてたの？……まさか……？　これって偶然よね？　見えてるはずはないよね……？　でも、どうして……？)

あまりのタイミングのよさに、奈々香は驚く。まるで、奈々香が着替えているのを見ているかのようだった。

慌てて天井に目を向ける。照明が眩しい。奈々香は眉を寄せて、目を凝らす。人の

目も監視カメラも見つけられなかった。

たまたま偶然、タイミングが重なっただけ、と思い直して、着替えを続けた。

鮟江の指示の意味はわからないが、先にブラウスを着るのを諦めて、スカートのファスナーに手をかけた。

狭い試着室内に、ジッ、ジジジジィ……と、ファスナーの下がる音がする。

腰を屈《かが》めて、ゆっくりとプリーツスカートを脱いでいく。純白のショーツが丸みを帯びたお尻にぴったりと密着していた。

紺色のスカートから片膝ずつ抜いていく。脚を上げる度に丸い尻肉が動き、お尻の谷間を渡って、ピンと張ったショーツの皺が上下する。

脱いだスカートを軽く二つ折りにして、床に置いた。ソックスと下着だけの姿になったローティーンの少女は、もじもじと恥ずかしそうに両腕で身体を隠している。

身体を隠したまま、静かにしゃがみ込み、ブラウスに手を伸ばす。

「だめだめ、奈々香ちゃん。可愛らしい下着姿を、しっかり見せてください。お客さんも、そう思ってますよ」

壁の向こうから、鮟江の声がする。

またしても、絶妙なタイミングで声がかけられた。おかしい、これは向こうから見えているとしか思えない。奈々香は、もう一度左右の壁を確認する。

「くふっ、そっちじゃないですよ。奈々香ちゃん、マジックミラーって知ってますかぁ？」

下着姿の少女は「えっ？」と小さな声をあげ、猜疑《さいぎ》心と羞恥心の混じった瞳で正面の鏡を注視する。

（まさか……そんなっ？　これ、マジックミラーなの？　うそ!?　そしたら、さっきから、わたしが着替えていたのも丸見えなのっ？）

両腕で自分の身体を締めつけるようにして、奈々香はできるだけ下着姿を隠そうとした。

少し映りの悪い鏡には、頬を染めて気まずそうな顔をした自分の姿が映っている。目を凝らして見ても、鯰江も男子高校生の姿も見えない。

「んんー？　まだ信じられないみたいですねぇ？　くくっ、それなら、これはどうでしょう」

パッ、と鏡の奥が明るくなる。下着姿の少女に重なって、パイプ椅子に座った男子高校生の姿と、薄暗い点検工場が見えた。鯰江が照明を操作したらしい。

咄嗟《とっさ》に、素早く奈々香は身体を丸めた。顔を真っ赤にして、鏡の奥の視線から逃れようとする。

鏡に背を向けて、膝を抱える。肉づきの薄いほっそりした肢体に、純白のブラとショーツが食い込んでいた。背骨の小さな膨らみが真っ直ぐに連なって、お尻の谷間へと続いている。

「……い、いやぁぁぁ……」

下着姿の少女は、か細い声を絞り出した。耳が真っ赤に染まっている。

「奈々香ちゃん、嫌がってもいいですから、こちらを向いてください。ただ見られるだけですから、なにも減るものはないですよ」

鯰江は勝手な注文をつけてくる。

(……見られるだけ？　そんなことない……見られるのが恥ずかしいのに……何か目に見えないものが奪われてくみたいな気がする……)

不満そうな面持ちで奈々香はマジックミラーに目を向ける。すると、ふっと鏡が暗くなった。鯰江が照明を消したのだろう。

映りの悪い鏡には、もう下着姿の自分しか見えない。

「これなら、こちらは見えないでしょう？　さ、ちょっと鏡の前に立ってくださいよ。サヤマさんも待ってますよ」

鏡の向こうから、鯰江が命令してくる。口調は穏やかだが、絶対に許してもらえない強制力がにじみ出ていた。男子高校生の名前は『サヤマ』らしかった。

誰にも知られずに修理代を返すのが、想像以上に困難なことだった、と奈々香は憂うしかなかった。


鏡の中で左右反転した自分と、奈々香は恥ずかしげに目を合わす。

首もとから上が、桃色に染まっている。細い両腕を真っ直ぐ伸ばして、おへその前で両手を重ね合わせている。純白のブラジャーとショーツは隠しきれていない。

やや前屈みになって、両膝と太ももをぴったりとくっつけて内股で立っていた。

しっとりと滑らかな素肌に包まれた、起伏の少ない身体。一見、同年代の男子の身体に近いような肢体だが、肩や肘、お尻や膝などは丸みを帯びていて、女性らしさを控えめに主張していた。

透明感のある乳白色の肌に、シンプルな純白の下着が張りついている。まだ六月だが、肉付きの薄いほっそりとした身体は、どこか寒そうにさえ見えた。

「だめですよ、奈々香ちゃん。仕事なんですから、ちゃんとしてもらわないと」

鏡の向こうから、鯰江の声が響く。

奈々香は訴えるような視線を、鏡の奥に向けた。涙目になって、耳まで真っ赤に染まっている。

「……んぅ……」

身体を隠そうとする小柄なローティーンの肢体が、小刻みに震えている。

鯰江の命令に従うか従わないか、必死で葛藤《かっとう》していた。自分に拒否権がないのは理解している。でも、二人の男に恥ずかしい下着姿を、これ以上見られたくない。

迷う奈々香の後ろで、突然ドアが開いた。

黙って震えているだけの少女に、鯰江は痺れを切らしたらしい。

驚いて、下着姿の美少女は振り向く。中年太りの身体に似合わない素早さで、男が近づく。太い指先が、きゃしゃな少女の手首を強く摑んだ。

「いっ、いたッ」

強引に腕を後ろに引っ張られて、奈々香は思わず声をあげた。あっという間に両手首を、腰の後ろで縛られてしまう。

「えっ⁉　い、いやっ！　やめて、いやぁっ」

少女の怯えた声が、薄暗い修理工場の中に響く。恐怖で大きな声が出ない。

「大人しくしなさい。騒いでも、誰もここには来ませんよ」

慣れた手つきで鯰江は、荷造りロープで奈々香の手首を縛ると、今度は少女の足下にしゃがみ込んだ。紺色のソックスの上から、足首にも白いロープを巻きつける。

(うそ⁉ わたし、縛られてる、どうして? もしかして誘拐されたの?)

不安げに膝をこすり合わせて立つ、奈々香の両足首にロープが巻かれた。その白い荷造りロープの先を、マジックミラーの下の狭い隙間に投げると、鯰江は更衣室から無言で出ていった。冷たくドアの鍵が閉まる。

怪訝《けげん》な表情で下着姿の少女は、鏡の下に伸びている二本のロープを見ていた。そんな隙間があったとは、まったく気づいていなかった。

すると二本のロープが、それぞれ左と右にピン、と引っ張られた。両腕を後ろに縛られている奈々香は倒れそうになる。

「きゃっ!」

咄嗟にしゃがみ込んだが、尻餅をついてしまった。そのまま、両脚を左右に引っ張られる。

大きなマジックミラーの左右の下から白いロープが伸び、細い両足首に結ばれている。下着姿の奈々香は拡げられた股間を隠したいが、両腕は背中で縛られていた。そのまま、ずるっ、ずるっと鏡のほうへ引き寄せられていく。

「いっ、いやっ、やめて、やめてっ」

何をされるのか、まったく想像できないが、とにかく嫌な予感がした奈々香は懸命に身をよじる。両膝を曲げてローファーの踵を床に押しつける。ぐいぐいとロープを引っ張る力に抵抗した。

内ももの付け根の筋が強《こわ》ばって、ぴくぴくと震えている。

開脚した二本の太ももの付け根に、純白のショーツが食い込む。クロッチ部分には、うっすらと縦筋が浮かび出てくる。下着に包まれた控えめな女陰が、怯えるように息を潜めていた。

奈々香からは見えないが、鏡の向こう側では二人の男がロープを引いていた。距離を置いた二人がそれぞれ、左右から下着美少女の脚を引っ張っていたのだ。

眩しいほどの照明が当てられた試着室の中はマジックミラー越しに、はっきり見える。両腕を縛られて両脚を開いた下着姿の美少女が、懸命に身をよじっていた。

ローファーと紺ソックスを履いたままなので、無垢な白い下着姿が際だっていやらしく見えた。

「いやっ、やめてっ、い、い、いやぁぁぁ……」

奈々香の声が掠《かす》れている。緊張と恐怖で口の中がカラカラになっていた。大声を出して助けを呼びたいのに、思うように声が出ない。恐怖のあまり、声さえも怯えて引き籠もってしまう。

「くふふっ、奈々香ちゃん、喉が渇いてるんじゃないですかぁ？」

奈々香の実情を見透かしたように、鯰江が声をかけた。縛られた下着姿の少女は、鏡の向こうに焦点を合わそうとする。が、もちろん誰の姿も見えない。

悔しそうな、もどかしそうな表情で奈々香は、マジックミラーの向こう側を視線で探る。

「……す、少し、だけ……」

なんとか小声で下着姿の少女は返事をした。少し拗《す》ねているようにも見える。

「くくっ、素直なのは良いことですよ。では、お水をあげましょう」

鯰江は男子高校生に目配せをして、引っ張っていたロープを床に落とす。少々遅れて高校生もロープから手を離した。

「じゃあ、こちらのほうに来なさい。小さな穴があるでしょう？」

男に言われて、奈々香は目を凝らした。すると確かに、マジックミラーにテニスボール大の穴が一つ開いていた。鏡の右側あたり、ちょうどドアノブが取りつけられる位置に、穴があった。

（……どうしよう……何をされるのか、ちょっと怖いけど……でも……でも、喉も渇いてるし……）

少しだけためらったあと、下着姿の少女は身体を左右に揺すり始めた。腕が縛られているので、身体を起こすのも大変らしい。幼唇に食い込むショーツが見られていることもおかまいなしに、奈々香は脚を開いて膝立ちになった。

「そうそう、もっと鏡のほうに来なさい。怖がらなくても、ちゃんとお水をあげますからね」

鯰江の意図がまったくわからないが、他に選択肢のない奈々香は、ゆっくり大きな鏡ににじり寄っていく。不安定な膝立ちで、両膝を交互に進ませていく。

奈々香は恥ずかしそうな、不満そうな表情をしつつ、命令に従っている。

やや背筋を反らせているせいで、薄い胸が余計に薄く見えた。

スポーツブラのようなシンプルな白い下着が張りついている。控えめな乳房を覆うカップの縁にのみ、申し訳程度のフリルが飾られていて、一本の淡い水色の細いラインがアクセントになっている。ショーツも同じような水色のラインが引かれ、脚繰《あしぐ》りのフリルに色を添えており、小さなリボンがおへその下あたりで揺れて、少女らしさを主張していた。

大きなマジックミラーに開けられた、ドアノブほどの小さな丸い穴の前に、ようやく奈々香は辿り着いた。すると鏡の向こうから「口を開けて待っていなさい」と鯰江の声がした。

ストローかなにかで水を飲ませてもらえるのかも、と奈々香は少し期待する。

丸い穴の前で、おずおずと小さな口を開けた。

——ピュピューッ……

丸い穴から、細い水が噴き出してきた。少女の小さな口の中に水滴が跳ねる。だが、噴き出す水はすぐに止まってしまった。

「くくっ、ひとまずは、これで我慢しなさい。また、あとであげますからね」

マジックミラーの向こう側で、鯰江は水鉄砲を持ってニタニタ笑っていた。

少しだけ口の中を湿らせることができた奈々香は、納得できていないような表情でうつむいた。いやらしい中年男に、からかわれているだけのような気がする。

そんな落ち込む奈々香の気持ちなどおかまいなしに、足首のロープが左右に引っ張られた。膝立ちの下着少女の太ももが、じわじわと開いていく。

「……いっ、いやぁ……」

後ろ手に両腕を縛られた奈々香は、ぎこちなく上半身を右に左にひねって抵抗する。

だが、次第に股が大きく開かされ、ぺたんとその場にお尻を着いてしまう。

女の子座りになった下着少女の足首を、ロープがさらに引っ張り続ける。懸命に曲げて抵抗していた膝が、じりっ、じりっと伸ばされていく。

左脚に結ばれた荷造りロープの力が、右脚よりも強かった。左の足首を、鏡の下の隙間へと力任せに引っ張られる。奈々香は両腕を縛られていてバランスが取れない。

「きゃあっ」

下着姿の奈々香は、仰向けに倒されてしまった。背中の下敷きになった、縛られた両腕が少し痛い。天井に吊り下げられた照明が眩しい。

「おやおや。奈々香ちゃん、大丈夫ですかぁ？」

マジックミラーの向こうから、鯰江は気遣うような言葉を投げかける。しかし、鏡越しに奈々香の姿は見えているので、それは口だけの心配だった。目が愉快そうに笑っていた。

あどけない美少女が縛られて、合板の上で股を開かされている。二人の男の前で、白いビキニにも似た扇情的な下着姿を晒している。

ロープを引っ張られているときに、滑らないようにお尻で抵抗したので、白いショーツが股間に食い込んでいた。女の子の大事な部分を隠すはずの薄布が、逆にやわらかそうな幼唇の形をくっきりと浮かび上がらせていた。

その恥ずかしい割れ目に向けて、細長い棒が音もなく近づいていく。

「ひゃあっ⁉」

可愛らしい驚きの声をあげて、少女の身体が、びくんっと跳ねる。仰向けの奈々香は苦しげに首を起こし、自分の股間に目を向ける。

鏡の下の隙間から、細長い竹の棒のようなものが伸びてきていた。細長い棒は無遠慮に、下着の上から少女の恥裂に押しつけられていた。

ぐりぐりと先端を回転させて、奈々香の恥ずかしい割れ目に食い込んでくる。

「い、いっ、いやっ、や、やめて、やめてっ」

両手両脚を縛られた奈々香は、仰向きのまま身体を左右にくねらせて懸命に悶える。けれども逃げられない。

細長い棒は、修理工場の床に転がっていたデッキブラシだった。そのブラシを握る男子高校生は前屈《かが》みになって、奈々香の股間を責めている。横では鯰江が「くっ、くくっ」といやらしく嗤《わら》っていた。

以前に恥裂を責められた油性ペンよりも太い棒が、下着越しに陰唇にめり込んでくる。息を潜めている少女の大事な部分を、こじ開けようとしてくる。

開かされている股を閉じたいのに、閉じられない。二人の男の腕力が、少女の足首のロープを引っ張り続けていた。

（もう、いやぁ……、こんな、こんなのって……やめて、お願い……）

瞼をきつく閉じる奈々香は、不遇な自分が悲しくなってくる。つい数時間前までクラスメイトと一緒に学校にいた自分が、今はこんな卑猥なことをさせられている。こんな恥ずかしいこと、誰にも言えない。

でも、なぜか、ほんの少しくらいなら、知ってほしいような気もする。みんなとは違う、少しオトナになった自分を知ってほしい。誰にも知られていない自分を、ちょっとだけ自慢したいと、どこかで思ってしまう。

——ピリッ！

きゃしゃな少女の身体が仰け反る。

恥裂の奥に隠れていた秘芽から、甘く鋭い電流が走った。

「はあぅっ！」

少女の小さな口から、勝手に可愛らしい嬌声がこぼれる。秘裂に押し込まれていた硬い棒の先端が、奈々香のクリトリスを掠《かす》めていた。

甘く鋭い電流が駆け抜けたあと、少女の陰唇にジンジンとむず痒い感覚が拡がり始める。

めた。数日前、鯰江に嬲られた媚唇が、感覚を思い出したかのようにムズムズしてくる。

（……やっ、やばいよぉ……この、感じは……あのときと同じ……わたし、またおかしくなっちゃうぅぅ……）

縛られて秘唇を好き勝手に突っつかれていることで、たまらなく淫らな気分になってきた。嫌なはずなのに、痛めつけられて膣奥が熱く火照り始める。

棒の先端は、ぐりっ、ぐりりっと遠慮しつつも強引に幼唇を割ってくる。

「ぃ、いやっ……いやぁ……」

しどけない吐息めいた声がこぼれる。奈々香は何が嫌なのか、自分でもわからない。少なくとも、身体は嫌がっていないように思えた。

「ほら、奈々香ちゃんは喜んでいるみたいですよ。もっと責めてあげてください」

愉快そうに鯰江は、男子高校生をそそのかす。

「あっ、わ、わかりました」

ぼそぼそと小声で男子学生が返答している。

「いっ、いや……やめて、おねが……あはぁうっ！」

白い薄布越しに、棒の先端が小さな膣口をこすった。ムズムズ感が蓄積されていた膣穴周りから、一瞬で甘い電流が解放される。反射的に、奈々香は嬌声を漏らした。びく、びくびくっと縛られた下着姿の身体が小さく震えている。

「おっ、今のは結構、イイ所を責めたんじゃないですかね。ねぇ、奈々香ちゃん」

「はぁっ、はぁっ」と肩で息をしている奈々香に訊いてくる。恥ずかしいことを言い当てられて、縛られたままの少女は返答できない。

細く滑らかでつるっとした、お腹周りが懸命に上下している。

（……いやっ、だめだめっ……こ、これ以上ひどいことされたら……わたし、また、ヘンになっちゃうからぁ……）

奈々香は瞼をきゅうっときつく閉じていた。小さな口を大きく開けて、忙《せわ》しく呼吸をしている。下腹部に血液と神経が集中して、熱くなっているように感じる。

「さ、お兄サン、もっともっと責めてあげなさい」

鏡の向こうで、鯰江が勝手なことを言っているのが聞こえる。奈々香は股を閉じようとするが、ロープは力強くピンと張られていた。

（……だ、だから……も、もう、だめっ……って……）

さっきよりも強引な圧力で、棒の先端が恥裂にめり込んでくる。開かされた股の付け根に、ぐいぐいと押し込まれてくる。大陰唇を押しつぶしたまま、膣穴に入ってこようとしている。

「……あっ……やっ……だ、だめぇ……んはぁぁぁッ！」

か細く高い、奈々香の声が響く。

めり込む棒の先端が、陰唇の裏の粘膜をこすった。こんな状況なのに、幼い美少女の身体は、微かな心地よさを感じてしまう。こすられた部分から、一瞬、甘く痺れる電流が拡がった。

（……こ、こんな……無理やり、なのに……どうして、わたしの身体……気持ちよく……感じちゃうのぉ……）

戸惑う少女の心とは別に、身体の方は嬉しそうに快感を伝えてくる。勝手に細腰が、もじもじと右に左にくねった。

ぐっ、ぐっと乱暴にさえ感じるほど、棒の先端が白い下着の割れ目に強く押し込まれる。薄布の裏が、濡れ始めた敏感粘膜を甘く激しくこすっている。純白のショーツに愛液が少しずつにじんでいく。

「ぼっ、僕、もう……！」

マジックミラーの向こう側から、男子高校生の声が聞こえた。

奈々香からは見えなかったが、学生ズボンの前を膨らませた少年は、いきなりパイプ椅子から立ち上がった。気まずそうに背中を丸め、両手で股間を隠しながら出口へ向かって駆け出す。

下着少女の股間に押しつけられていた棒が、持ち主を失ってカタン、と床に落ちる。駆け足の靴音が遠ざかり、騒々しくドアの閉まる音が聞こえてきた。

「くくっ、やれやれ。これから、ってときに、もったいない」

試着室の奈々香に聞こえるくらいの、大きな独り言を鯰江がこぼす。

下着姿の少女は、一瞬だけ小さく安堵した。しかし、その刹那《せつな》の安堵すら許されないかのように、再びデッキブラシの柄が、白いショーツの股間に突き刺さった。

「はぁうっ！」

幼いながらも、切羽詰まった少女の嬌声があがる。

ローティーンのきゃしゃな肢体が、いやらしい棒から逃れるように仰け反る。下着越しの膣穴に、確実に棒の先端がめり込んでいた。

硬い異物の挿入感と、密かに蓄積していたむず痒さの解放感で、奈々香は声を抑えられない。

容赦なく鯰江は、少女の割れ目をデッキブラシの柄で小突き始めた。「あっ、んぅっ、はぁっ」と、奈々香は小刻みに小さなよがり声をあげる。忙しげにこぼれ出す吐息すら艶っぽく聞こえる。

（……いっ、いやっ、いやなの……やめて、もう……やめて……そ、そんなに、ひどいことされたら……わたしっ……）

白い下着姿の少女が、合板の床の上で苦しげにもがく。乱暴に膣穴から突き上げてくる振動で、じわじわと身体が床をずり上がっていく。それに加えて、背中の下で縛られている両腕がジンジンと痺れてくる。

「……あぅっ、やっ、お、お願いっ……んぅっ、です、から……あはぅっ、や、やめて、くだ、さ、あぁんっ……」

喘ぎつつ奈々香は、切れ切《ぎ》れな声で懇願した。

（……もう、早く帰りたいよぉ……明日までの宿題だってあるし……）

無意識のうちに、奈々香はいつもの日常のことを考え始める。こんな信じたくない現実から、今すぐにでも逃げ出したかった。

「んふぁぁぁぁあっ⁉」

少女の声が薄暗い天井に反響する。

「くふふっ、やめるわけないじゃないですか。こんな楽しいこと」

壁の向こうから、愉快そうな鯰江の声が聞こえる。棒の先端が先ほどよりも強い力で、ぐりぐりと下着越しにめり込んでくる。

「やっ、だめっ、やっ、やめて、くだ、あぁうっ、んあっ、はぁっ……」

嫌がっていた少女の声に、湿っぽい響きが混じってくる。乱暴なくらいの力で恥裂を責められているのに、奈々香の女陰は悦びを感じていた。未発達な少女の敏感粘膜に、神経と血液が集中し始める。

眉根を寄せて奈々香は懸命に、込み上がってくる快感を堪《こら》えていた。棒の先端の角が、ショーツ越しに敏感なところをこすってくる。ウブな桜色の粘膜が、刺激を受けるたびに甘い電流に痺れる。

（……し、信じられない……こんな、こんなこと……絶対にイヤなのに……どうして……どうして、イヤなのに……もっとしてほしい、って思っちゃってる……？）

ぐりぐりと棒が押し当てられている陰唇からは、絶えず甘く痺れるようなムズムズ感が湧き上がってくる。チリチリと媚唇が疼いて、もっと刺激が欲しくなる。

小さく可憐な桜色の唇から、熱く湿った吐息がこぼれた。

「もっ、もう、い、いやっ、あッ、あぁっ、んっ、やっ」

十代の少女の声が震えている。それを嗤うように、無遠慮に硬い棒の先端が、ぐっ、ぐっ、ぐっと陰唇を連続して突き上げる。

「くくっ、嫌がってもやめてあげませんからね、奈々香ちゃん」

見えにくい鏡の向こうで、中年男がニタついているのが見える気がした。奈々香は、背筋がゾクッとした。だがそれも一瞬のことで、すぐに陰唇からの甘い刺激に丸め込まれてしまう。

「ひぃううぅううんっ！」

きゃしゃな少女の白い身体が、合板の上で跳ねる。

棒の先端の角に、包皮に埋もれる桜色の真珠をこすられた。痛いような心地いいような刺激が、媚唇から頭のてっぺんまで一気に突き抜ける。反射的に身体がビクンと跳ねてしまう。

「おやぁ、どうしました、奈々香ちゃん？　そんなに飛び跳ねて」

声だけで、いやらしく笑っているのがわかった。あの中年男は自分を痛めつけて愉しんでいる、と奈々香にもはっきり分かった。でもわかったところで、どうしようもない。

ただ、男の好きなように弄《もてあそ》ばれるしかない、と悲しく思った。

それなのに、少女の身体は勝手に快感にほだされていく。遠慮なく突き入れられる硬い棒の刺激に、陰唇は無抵抗に透明な蜜をにじませていた。硬い物にこすられるたびに、甘い電流が敏感粘膜を這い回る。

奈々香の息が「はぁっ、はぁっ」と熱病のように吐き出される。ひとりでに身体が火照って、少女のおでこにも首筋にも脇にも、小さな汗が浮かんでいた。

「奈々香ちゃん、そろそろ喉が渇いてませんか？」

意外なくらい親切な言葉を、鯰江は投げかけてくる。不用意に認めたくはないけれど、言われたように、確かに喉がカラカラになっている。

激しく息をしすぎて、唾を飲み込むのも困難だった。それでも奈々香は迷っていた。素直に答えてもいいのか、やはり用心するべきなのか。

「……は、……はぃ……」

仰向けになったまま、下着姿の少女は小さな声で返事をする。喉の渇きには我慢ができなかった。つい、男の言うことを認めていた。

「くくっ、素直なのはいいことですよ。では、〝お水〟をあげますから、さっきの穴の前で待っていなさい」

やや朦朧《もうろう》とした意識のなか、奈々香は身を横にひねり、なんとか膝で立つ。腕が縛られているので、起き上がるのも一苦労した。ロープが結ばれた両足首は、今は引っ張られていなかった。

マジックミラーに開けられた、ドアノブほどの直径の穴に小さな口を近づける。

「こぼさないように、もっと口をつけなさい」

鏡の向こうから、有無を言わせない鯰江の低い声が聞こえた。疑いもなく下着少女は、丸い小さな穴に唇を密着させる。

(……へんなの……ちょっとくらい、水が飛んでも平気なのに……)

男の指示に、少しだけ疑問を感じつつも、奈々香は口を開けて待っていた。

桜色の小さな舌に、じわっと熱を帯びた、ゴムのように弾力のあるものが触れる。

どびゅうっ！　びゅびゅっ、びゅうっ……。

あどけなく小さな口腔内に、待望の水が勢いよく噴き出した。ただ、先ほどの水よりも生温かい。しかも、口の中にぼたぼたと飛び散った液体は、喉の奥へ流れていかない。

なんだか、どろっとしているような気がする。

意図せずに少女の小さな舌が、ゆっくりと持ち上がった。つるっとした、うずら卵のようになにか丸いものに舌先が触れる。

——びゅっ……。

また、生温かい液体が噴き出した。白く濁った液体は小さな舌の裏に降りかかり、だらりと垂れていく。喉が渇いていた奈々香は、自然に口を閉じる。口内の液体を、ごくりと喉に送った。

その粘りのある液体は、不思議と口内に張り付いて飲み込みにくかった。幼い美少女の白く細い喉が波打って、白濁した粘液を嚥下《えんげ》していく。

（……なんだろ……？　少し温かくて、ねっとりしてて……へんな水……）

いつか田舎の雑木林で嗅いだような匂いが、奈々香の小さな鼻腔から抜けていく。

「物足りませんか？　くくっ、またあとで飲ませてあげますからね」

自分の白濁液を素知らぬ顔で飲ませた中年男は、笑いを堪えつつ鏡の向こうから声をかけた。

男はデッキブラシの柄で少女の恥裂を突き上げつつ、同時に右手で剛直をしごいていた。そして限界を迎えた勃起ペニスは、奈々香の口内に勢いよくスペルマをほとばしらせた。少女の舌が触れた丸いものは、中年男の亀頭先端だった。

まさか鯰江の精液を飲まされたとは知らない奈々香は、ずるずると床に女の子座りでへたり込む。はぁぁ……と声には出さずに溜息を漏らす。ひとまず水はもらえたと、少しだけ、ほっとしていた。

そんな油断した下着姿の少女の足首が、ぐいっと強引に引っ張られた。

「えっ？　やぁぁぁっ」

白い荷造りロープが、鏡の下の隙間へ引きずり込まれていく。抵抗しようにも、奈々香の両腕は背中できつく縛られている。いとも簡単に少女の左足首が、隙間に引き寄せられていく。

すると、不意にロープを引く力がピタリと止まった。奈々香は左脚を寄せて股を閉じようとした。だが、ピンと張られた荷造りロープはビクともしない。懸命に力を入れても、全く脚が曲げられない。

ガチャリ、と背後でドアが開いた。焦った奈々香が首だけで振り向くと、ニヤニヤ笑う鯰江が立っていた。どうやら、ロープを何かに結びつけてきたらしい。

「……き、きゃぁぁぁぁっ！」

悲鳴と共に奈々香は、顔を鯰江から背けた。綺麗な黒髪が慌ただしく翻《ひるがえ》る。両手が空いていれば、目と顔を覆いたくなる光景だった。

下半身素っ裸の中年男がニヤついて立っていた。思春期の少女の閉じた瞼の裏には、さっき見たばかりの禍々《まがまが》しい勃起ペニスが焼き付いていた。

（……な、なんなのっ、あれ……あんな気持ち悪いの、見たことない……っ）

男性経験ゼロの十代の奈々香にとって、それは未知の物体でしかなかった。汚らしくのたうつムダ毛を生やした中年男の下半身。その真ん中には、グロテスクな異世界の蛇のような物体が、重力に抗って水平に突き出していた。

目のない蛇の頭が、奈々香に狙いを定めていた。

(……き、気持ち悪いよぉ……な、なんなのよ、あれは……)

白く可憐な下着をつけた、小さく細い背中が丸まって小刻みに震えている。怯える白くあどけない背中に、暗い影が落ちた。

「さて、お客さんも帰ったことですし、本日は、これでお終いに……」

妙に冷静で低い声が、少女の頭上から降ってくる。どうやら、きょうはこれで解放してくれるらしい、と一瞬、奈々香は安堵した。しかし、

「――しようかと思ったんですけどね。でも、今から残業しましょう」

怯える少女の心は、再び落胆に沈んだ。無駄なぬか喜びをしたことに後悔していた。どんな〝残業〟をさせられるのか、想像するだけで逃げ出したくなる。

「……い、い、いや……です……」

狭い試着室のような箱の中で、奈々香の微かな声が震えている。

「くふふ、そんなこと言っても、今のままだと全然足りませんよ？　どうするつもり

なんですか？」

きょうで、いくらに減っただろうか。奈々香は鯰江に五十万円近くの示談金を払わなければならない。単純に一回二万円としても……。

「大丈夫ですよ、そんなに怖がらなくても。優しい僕が奈々香ちゃんの支援をしてあげよう、と言ってるんです」

綺麗な黒髪を顔が隠れるほど垂らして、奈々香はうなだれている。小さく丸い肩を小刻みに震わせて、怯えている。

（……もう……あんな恥ずかしいこと、絶対、イヤなのに……したくないのに……でも、どうすればいいのか……わたし、わからないよぉ……）

泣き出してしまいたくなるくらい、奈々香は絶望していた。

折れそうに細い少女の両肩を、中年男の太い両手が強く摑む。びくんっと反射的に奈々香の身体が跳ねた。

「人の親切は、文句を言わずに受け取るべきですよ」

威圧的な低い声で囁かれる。耳の穴に男の湿った吐息がかかる。

「……んぅぅ……ゃぁぁ……」

男の太い五指が、Aカップの控えめな胸の下から這い上がってくる。小さな背中に、中年男の身体が密着してきた。

「……うっ……い、いたっ……」

奈々香の両腕は後ろで縛られたままだった。長い間拘束されていたので、腕全体がジンジンと痺れていた。少し触れられただけでも痛く感じる。

ピクピクと震えている少女のあどけない指先を見て、

「ああ、すみません。くくっ、もう、かなり痺れてたんですね」

笑いを堪えながら、鯰江は薄っぺらい謝罪をする。

「……あ、あの……ほ、ほどいて、くだ、さい……」

「わかってますよ。今、楽にしてあげますから」

不気味なほど簡単に、中年男は了承した。奈々香からは見えないが、少し締めつけが緩くなったような気がする。ロープをほどいている気配がした。

「ひぅっ！」

小さな背中を反らせて、下着少女の身体が飛び上がる。ちょん、と軽く触れられた。それだけなのに触れられた所から一気に、チリチリと細かく突き刺すような痛みが腕全体にジンジンと拡散する。

「くっ、くふふっ、ほんとに痺れてるんですねぇ」

よほどおかしいのか、鯰江は笑いを隠そうともしない。見えない痺れに取り憑かれた少女の細い腕を、二回三回とつつく。

そのたびに奈々香は「ひゃっ！　ふぁぅっ！」と可愛らしい悲鳴をあげて、きゃしゃな身体をくねらせた。ミルクのような少女の甘い香りが振りまかれる。

「やぁぁぁっ⁉」

いきなり両腕が高く引っ張り上げられた。

二の腕から指先までは、まだ痺れていて神経がしっかり届いていない。そんな状態でも、両腕が男の力で引き上げられたのはわかった。

一旦ロープをほどかれた両腕は、奈々香の頭の上で再び縛られていた。両手首同士がきつく押しつけられている感触があった。

「えっ、ど、どうして⁉　ほどいてくださいっ」

背後の中年男に、奈々香は再び強めにお願いする。約束が違う。

だが、少女の懇願などあっさりと無視して、鯰江はロープをぐいぃっと持ち上げ、奈々香の身体を引き倒した。

ギリリと手首の荷造りロープが締めつける。合板の床に倒れる寸前に、一瞬だけ奈々香の身体が浮いて、ゆっくり仰向けに寝かされた。

両腕と左足首を白い荷造りロープに拘束されて、ローティーンの美少女は無防備な下着姿を中年男の前に晒していた。

「やっ、だめっ、みっ、見ないで……」

不自由ながらも、奈々香は身体を左右に揺すって男の視線から逃れようとする。まだ起伏のなだらかな細い身体に比べて、黒髪を揺らす頭部が心持ち大きく見える。その幼さの残る体格が一層、背徳感を強調させた。

「まさか僕が、こんな子供っぽい身体に欲情するとは思いませんでしたよ」

身動きが取れない奈々香を見下ろして、鯰江は自嘲するように言った。中年男のペニスはビンと硬く屹立し、先端からはカウパー液を滴らせていた。

男は奈々香の股の間に立つと、おもむろに覆い被さってきた。

「奈々香ちゃん、目を閉じなさい」

ニタついた大きな顔を、少女の可愛らしい顔に近づけてくる。しかし細めた目は、まったく笑っていない。

下着姿の奈々香は驚いて目を見開き、不安げに視線を左右に泳がせた。やがて諦めたように、じわりじわりと瞼を閉じていく。眉根を微かに寄せて、困惑混じりの表情をしていた。細い睫毛の先が震えている。

また、キスされてしまう……桜色の小さな唇が、きゅっと結ばれる。二回目だからと言って、鯰江の自由にされるのを許した覚えはない。

それなのに、いけないことなのに……目を閉じた少女の心臓の鼓動が速くなる。

「……やあぁぁっ!? やっ、ダ、ダメぇッ!!」

悲鳴に近い声で奈々香は叫んでいた。

てっきり、強引に唇を奪われると思っていた。ところが鯰江は大きな顔を、奈々香の股間に埋《うず》めていた。男の鼻先が、ショーツ越しの恥裂に押しつけられている。

少女の純白下着からは、じんわりと甘い香りと体温がにじみ出していた。中年太りの体格に似合わない動きで、鯰江は愛おしそうに少女のクロッチ部分に鼻先をこすりつけて、大きな顔を左右に振り始める。純白のショーツの割れ目には、うっすらと小さく楕円形に濡れている箇所があった。

その恥ずかしい染みを、奈々香は見つけられたくなかった。

「やっ、やぁっ、み、見ないでぇ……」

顔を真っ赤にして、涙目で奈々香は訴える。両腕が動かせないので、小さな腰を左右に揺すり、動かせる右脚だけで股間を閉じようとする。

中年男の醜く大きな顔が、少女の滑らかな両太ももに挟まれるかたちになった。鯰江は嬉しそうに口の端を吊り上げた。剃り残しのヒゲがチクチクと、白い内ももを引っ掻いて、思わず奈々香は挟む脚の力を弱める。

「んん？　恥ずかしくてチビってしまいましたかぁ？　くくっ、ちょっと味見してみましょう」

言うなり鯰江は、赤黒い舌を硬く尖らせて、楕円の染みに突き立てた。

「やぁっ、んひぃうっ！」

下着の裏地が敏感な粘膜にこすれて、甘く激しい電流が奈々香の身体を貫いた。幼い曲線を描く細腰が、びくんと跳ね上がる。溶けたバニラアイスのように、真っ白で滑らかなお腹が微かに震えている。小さく形のいいおへそが、無邪気に口を縦に開けていた。

薄い布地越しの恥裂に、べったりと生温かいものが触れている。奈々香の背筋をムカデのような怖気《おぞけ》が這い回る。少女は気持ち悪そうに、腰を左右にくねらせた。

男の舌先は、しっとりとまろやかな白いショーツの布地を舐めこすっていた。唾液に濡れた薄布には、控えめな縦筋が一本うっすらと透けていた。幼い陰唇は怯えるように閉じているが、ふっくらとやわらかな感触があった。

「うーん、よくわかりませんねぇ」

笑いを堪えたような声で、味見をした鯰江は感想を口にする。返事を促《うなが》すように、舌先でクロッチ部分を、くっ、くっ、と秘唇に押し込んできた。奈々香は、どういう返事をしていいのか言葉に詰まる。

「やっぱり直接味わってみないと、だめですねぇ」

奈々香が返答に困っていると、股間の中年男はおぞましいことを言い出した。

「いッ、いやぁッ！　や、やめてッ」

必死に奈々香は抵抗するが、両腕と左脚は縛られていて動かせない。下卑《げび》た笑みを浮かべて鯰江は、少女の素肌にぴったりと貼りついた純白のショーツに指をかける。可愛らしいおへその下には、小さな淡い水色のリボンが一つ、少女をアピールするかのようにショーツに縫いつけられていた。

そのあどけなく清純な下着を、中年男の太い十指が容赦なくずり下げる。「いやっ、いやぁっ」と声をあげる奈々香を無視して、むしろ楽しんでいるように鯰江は口角を吊り上げていた。

バタバタと足搔《あが》く少女の右太ももを肩に担ぎ上げると、浮いたお尻に手を伸ばし、ショーツをしゅるしゅると剝いていく。薄く儚げな下着は、紺ソックスのふくらはぎあたりで丸められた。

奈々香の右脚は中年男の肩に乗せられ、薄布すら纏わない幼い股間を晒していた。鯰江に何度か弄られたことはあっても、正面から見られたのは初めてだった。

股の間の真っ白な素肌は、ふっくらとマシュマロのようにやわらかく膨らみ、その中心には控えめで無垢な縦筋が一本入っている。ぴっちり閉じた陰唇の周りには、よく見ると薄い眉毛のようなヘアがところどころ生え始めていた。慎ましやかな割れ目には、微かに蜜で濡れた跡があった。

（……こ、こんな、はしたないカッコ……もう、もう、いやぁぁぁ……）

顔を真っ赤にして、大きな瞳には涙を溢れさせて奈々香は、唯一自由に動かせる右脚をバタつかせた。

「大人しくしなさい。そもそも、僕のクルマを傷つけたのは誰でしたっけ？」

暴れる少女の右太ももをがっちり抱えて、鯰江は高圧的に見据えてくる。黄ばんだ歯を見せて不気味な笑みを見せている。

奈々香は言葉にならない声を「う……」と鼻から漏らした。こうなった原因を指摘されると言い逃れできない。そもそも、あのヘッドホンをした電動自転車の主婦が突っ込んできたのが原因だったはず。それなのに、どうして、わたしがこんな目に遭わないといけないの……？

中年男の肩に乗せられた脚が、暴れる勢いを緩やかに失っていく。中年男の言うことに納得したわけでは無い。あまりに不条理な現実に心が萎縮しただけだった。

脂肪でたるんだ腹を窮屈そうに曲げて、鯰江はニタついた顔を美少女の股間にゆっくり近づけていく。すべすべの閉じた陰唇に、男の熱い吐息がかかる。

「くふふ……まだ、ほとんど毛も生えてないんですねぇ。すごく悪いことをしてる気分になりますよ」

「なっ、み、見ないでっ、いやっ、だめぇっ、見ないでぇ……」

悪いことをしているくせになにを言っているの、と鯰江の考えていることが薄気味悪く思った。羞恥心に恐怖心が混ぜ合わされて、奈々香の心の奥がざわざわしてくる。見られている恥部に神経と血液が集中していく。

鯰江の太い指先があどけない陰唇に触れる。ぴくんと奈々香の身体が小さく震える。ほんのりと暖かい乳白色の蕾が、二本の指で左右に押し開けられた。

少女の陰唇は、まるで新しい傷口のように鮮やかなピンク色をしていた。白くすべすべとした素肌とは一転して、艶《なま》めかしい敏感粘膜のヒダが猥雑に折りたたまれていた。恥ずかしげに、ぴく、ぴくとヒダの粘膜が脈打っている。

丸い爪の張り付いた、太くザラついた指先が鮮やかな粘膜に触れる。

「んひぃぅっ」

少女の身体が跳ねると同時に、堪えた可愛らしい声が漏れた。粘り気の少ない敏感粘膜に、外気と男の指先が触れてヒリヒリする。

鮮やかなピンク色の粘膜が、太いザラついた指先にへばりつく。まだ男性を知らないウブな恥裂は、怯えてべたついていた。必要以上に男の指先に絡みついた。

「んん？　怖いんですかぁ？　大丈夫ですよ、本当に痛いだけだったら、奈々香ちゃんも生まれてないでしょうから」

慰めるつもりなのか、嘲《あざけ》るつもりなのか、どういう意図なのか判断できないことを告げてくる。

意地の悪い中年男を訝しく思う奈々香の脳裏に突然、映像が閃《ひらめ》く。鯰江は、少女の両親の性行為のことを言っていたのだ。想像したくもない、父親と母親の夜の営みが目に浮かんでしまった。

奈々香は可愛らしい顔の眉間に、苦しげな深い皺を寄せる。きゅうっと固く目を閉じて、脳裏からいかがわしい想像を追い払おうとした。

（……い、いやっ……な、なんてコト言い出すのっ……んもぅ……ヘンな妄想しちゃったじゃないの……）

必死に頭の中から、両親の痴態を消し去ろうとする。その一方で、あの行為は痛いだけじゃないのかな、などと少しだけ頭のどこかで考えてしまった。

少女が目を閉じている間に、鯰江は綺麗なピンク色の秘唇に顔を近づけていく。赤黒い舌を伸ばして、イチジクの実のように鮮やかな粘膜に触れる。

「ひゃあっ！」

過度なくらい、奈々香の身体全体が跳ねた。べたつく敏感粘膜から熱いような冷たいような刺激が、一瞬で少女の体内を貫いていた。膣の奥が痺れるように熱くなる。まだ男の肉棒を知らない膣壁が、勝手に熱を帯びてくる。

「い、いやっ、やめてやめてっ、もう、いやぁっ」

両手と片脚を縛られたまま、奈々香はもがく。十代の少女にとって、陰唇は排泄をする部分でしかなかった。その不浄な所を中年男に舐められているのが、生理的に我慢できなかった。

目尻に涙の粒がにじみ出し、悲しくなってくる。

「残念ですねぇ。ここまで来たら、やめるわけがないでしょう」

中年男の熱く湿った吐息が、ピンク色の敏感粘膜に吹きかかる。それだけで、チリッ、チリッとむず痒い刺激が走る。

再び鯰江は大きな顔を、少女の恥裂に接近させた。ぬめりの少ない秘唇に舌先を伸ばし、唾液を塗りつけていく。美少女の恥部からはヨーグルトのような匂いがした。複雑に折りたたまれたピンク色の薄い粘膜の溝を、赤黒い舌先がこすっていく。生温かいナマコのような物体が、焦らすように奈々香の陰唇を丁寧に舐めている。

「……んっ……ひぅっ……やっ……あっ……んあぁ……」

奈々香は小さな口を固く結んでいるが、ときおり鼻にかかった声や可愛らしく喘ぐ小さな声が漏れていた。いやらしい中年男に、気持ちよく感じていることをほんの少しでも知られたくなかった。

（……こ、こんなの……気持ちいいワケ、ないんだから……そんなワケ、絶対にないんだから……で、でも……どうして、こんな、に……）

ローティーンの少女は内心、戸惑っていた。自分で触ったときと、まったく違うレベルの感覚が断続的に陰部から湧き上がってくる。懸命に快感を堪えながら、どうして無理やりいじられているほうが気持ちよく感じてしまうのか、困惑していた。

（……卑猥なコトされてるのに、気持ちいいなんて……そんな、こと……）

閉じようとする右太ももが、心なしか全力で抵抗していないように見える。まるで嫌がっているフリをしているだけのようにさえ見えた。

生温かい舌先で敏感な粘膜を舐められると、ひやっ、として、それでいて焦げるような熱い感覚が、一瞬だけ沸き立つ。その刹那の感覚が、なぜかどこか心地よくて、また同じ刺激がほしくなってしまう。

次第に焦燥感に似た情動が込み上げてきた。次の刺激が待ち遠しい。膣穴も熱く疼いてきて、もっと責められたくなってくる。

(……こんなの、ダメなのに……ダメなはず、なのに……また、わたしの身体……エッチに、なってきてる……!)

股間が疼くのを、奈々香は理性で抑えきれなくなってくる。もどかしい。どうしてもむず痒くなって、誰かに掻いてほしい、とさえ思ってしまう。

そんな奈々香のことを知ってか知らずか、鯰江の舌先がぬるりと、小さな穴に侵入した。金魚の口くらい、少女の膣穴は小さかった。ぐむっ、と生温かい舌先が押し込まれる。

「うふぁぁっ!」

思わず奈々香は、歓喜にも似た高い声をあげていた。驚いたのもあるが、疼いていた膣穴を刺激されて、快感だったのも事実だった。

もどかしい想いと血流が知らず知らず蓄積していた膣穴に、甘く痺れるような劣情が燃え上がる。気持ち悪いはずの中年男の舌先がぐにぐにと動くたびに、堪えきれない快感電流が美少女の身体を駆け回る。

込み上げてくる情欲に奈々香は、幼い腰をくねらせ、首を右に左に振った。やわらかく綺麗な黒髪が、合板の上で苦しげに波打っている。

「……あっ、んんっ……ふぁっ、あっ……はぁっ、んぅっ……」

吐息と共に漏れる声が、十代とは思えないほど艶っぽい。中年男の舌が膣壁を前後にこすり、ときに円周を描くように舐め回すと、感じやすいのか、小刻みに心地よさそうな声を上げた。

無意識のうちに、奈々香は控えめに腰を動かし、膣穴の刺激に流されていた。

「うーん、ちょっとエッチなお汁が少ないですねぇ」

卑猥な舌があっさりと幼膣から抜かれ、鯰江は奈々香に聞こえるように呟《つぶや》く。どういうことなの、と少女は閉じていた瞼をゆっくり開いた。腑に落ちないふうな瞳で鯰江を見つめる。自分の股の間から、中年男が大儀そうに身を起こした。

「大人しく待っていなさい。まぁ、今さら逃げられませんけどね」

したり顔で忠告すると、突然、ぐっと大きな頭を奈々香の顔に急接近させて、瞳の奥を覗き込んでくる。鯰江の目は細く笑っているように見えるのに、眼球には光がなく、一切笑っていなかった。

あまりの威圧感に、奈々香は言葉が出ない。

よいしょ、と大げさなかけ声で立ち上がると、中年男は試着室のドアへと向かった。

肥満気味の体重が、どすどすと合板をきしませる。

その重そうな足音が、仰向けになったままの奈々香の身体に響いてくる。逃げ出すのが、とても怖いことに思えた。

すぐに鯰江は試着室に帰ってきた。相変わらずニタニタといやらしく笑っている。

「くふふっ、僕が奈々香ちゃんを調整してあげましょう」

純白のブラと紺ソックスだけの美少女を見下ろし、逆光の中年男は淫猥な笑みを浮かべていた。

男は何かを右手に持っていた。派手なオレンジ色の拳銃みたいな形をしている。引き金が引かれると、ヴィイイィ……と耳障りなモーター音を立てた。よく見ると、銃口に当たる部分の先端の金属棒が回転している。電動ドライバーだった。

「いっ、いやぁっ、やめてやめてっ」

何をされるのかわからない恐怖を感じて、奈々香は咄嗟に悲鳴をあげた。縛られた身体を左右にくねらせる。

「やっぱり調子が悪いみたいですねぇ。同じことばかり言って」

嫌がってばかりいる奈々香を、愉快そうに揶揄《やゆ》した。歯を見せて笑いつつ、鯰江は左手に隠し持っていた細長い物を、電動ドライバーの先端に、グッと突き刺した。

ヴィィイイインッ、という音と共に、先端に刺された物が勢いよく回転する。恐怖心に染まった瞳で奈々香は、その回転する物体を凝視する。

やがて回転音が止まり、クルクルと回っていた物が何だったたか、ハッキリと見えた。それは、見覚えのある油性ペンだった。そのペン軸の尻に、電ドラの先端が突き刺さっている。

「大丈夫ですよ。もうインクが出なくなったものですから」

気休めにもならないことを鯰江は教えてくる。その手に持った電動ドライバーで何をされるのか、奈々香は叫び出したいくらいの不安に駆られた。

「……い、いや……や、やめて……お願い、ですから……」

恐怖心で口の中がカラカラになっている。怖すぎて声が出ない。掠れた小さな声で懇願した。

「くふふっ。やっぱり調整が必要ですね、奈々香ちゃんには」

言うなり鯰江は、少女の股の間にしゃがみ込む。奈々香の陰唇は、すっかり閉じていた。その無防備に露出した、白く幼い割れ目に電ドラの先端を近づけていく。

「い、いや、いやっ……んぅぅぅっ」

電ドラ先端に差し込まれた油性ペンが、控えめな蕾を割って差し込まれる。聞こえないくらい小さく微かな、にち……という音がする。

油性ペンの黒いキャップの先だけが、ほぼ無毛の割れ目に挟まっている。このまま、一気に膣穴に入って来る、と奈々香は身構えていた。すると意外にも、油性ペンの先端はもぞもぞと、小さく上下に左右に頼りなげに動くだけだった。

（……えっ……奥にまで入ってこない……？　どうして？　ううんっ……入ってきてほしくないけど、でも……こんなの、なんだか、アソコの奥が……）

どうやら鯰江は、ペン先で膣口の周りをなぞっているらしい。それも、かなりゆっくりとした動きで、逆に不安になってくる。

次第に、奈々香はもどかしく感じてしまっていた。

「ふぁぁあぁぁッ！」

すっかり油断していた奈々香は、大きめの嬌声をあげる。突然、硬いペン先が幼膣に侵入してきた。予告なしに差し込まれて、思わず驚き混じりの声が飛び出した。

弛緩していた小さく狭い膣壁を、コリコリと油性ペンの先がこすっていく。たちまち焦らされていた膣穴に、血流が集中した。ウィスキーボンボンの中身が注ぎ込まれたように、一瞬で熱く火照ってくる。

我慢できないほど、幼膣の中がむず痒くなる。そこに硬いペン先が、膣粘膜をこすって出たり入ったりし始めた。膣穴をこじ開ける挿入感と、膣壁を滑る排出感が交互に湧き上がってきて、甘くとろけそうな快感電流が少女の肢体を駆け回る。

「あぅっ、はぁぁっ、んぅぅぅっ、んはぁぁぁ、はぁうぅぅっ」

油性ペンの出し入れに合わせるように、奈々香は悩ましい声をあげた。熱心に祈りを捧げるような面持ちで固く瞼を閉じて、身体の内側から込み上げてくる快感を堪えようとしている。半裸の美少女の細腰が小刻みにぴくっ、ぴくっと震えている。

（……こ、この感覚……覚えてる……なんだか、やばい感じだけど……でも、イヤじゃない感じ……）

少女の膣穴は油性ペンの形状に免疫ができていた。一度は駅の階段で、一度は自分で挿入した経験があった。どこか安心感すらあった。

「んひぃうううっ！」

突然、小さな口から苦悶の声が漏れてしまう。奈々香の安心感をあざ笑うように、激しい振動が幼膣を震わせた。鯰江が電ドラのスイッチを入れたのだ。

電動ドライバーの先端の油性ペンが、高速で回転し出した。小さな膣口の縁《ふち》を、耳障りなモーター音とともに、黒いペンキャップが猛烈に引っ掻いている。

（ひっ、ひどいっ……そんなものを突っ込んだら……あ、アソコに、穴が開いちゃうじゃないっ……）

奈々香は男の持っている電動工具のことは、よく知らなかった。ただ、その回転音から歯医者のドリルのようなものを想像していた。暴力的な銀色の三角錐の回転刃が、自分の秘部に突き刺さる様子をイメージしていた。

そんな被虐的な自分の姿に、なぜか妖しい興奮を感じてしまった。

「いっ、いやぁぁぁッ、やっ、やめてやめてッ、あっ、あぁぁぁぁッ！」

縛られた身体で懸命にもがきながら、奈々香は訴えた。一瞬でも、そんな倒錯した興奮を感じたことを、うやむやにしたかった。卑猥な自分を認めたくない。

「くふふっ。そんなに喜んだら、もっと嬲りたくなりますねぇ」

口の端をいやらしく吊り上げ、鮎江は電ドラの向きを上に傾けた。健気《けなげ》に閉じようとする陰唇のヒダを、回転するペンキャップがこすり上げる。少女の秘部の白い肌が、目まぐるしく振動している。

「ぅふぁぁぁぁぁッ!!　やぁっ、あッ、あぁぁっ、はぁッ……」

一際大きな少女の声があがる。脳の奥まで、鋭く甘い刺激が突き抜けた。包皮の下に隠れていた小さなクリトリスに、回転するペン先が接触していた。

反射的に少女の全身が、ビクンと跳ねた。その直後、足の先から指の先まで、奈々香の身体中に温かい充実感のような痺れが拡がった。

美少女の真っ白な身体は、ぴぃんと硬直し、しきりに小刻みな痙攣を繰り返していた。乱れた息の合間に「あっ、はぁっ、あぁっ」と、微かな声を漏らしている。純白のブラを巻きつけた控えめな胸が、忙しげに上下している。

（……こ、こんなの、って……こんな感じ、初めて……も、もしかして……これが、イクって……こと、なの……？）

快感に痺れる頭の中で、奈々香はぼんやりと考えていた。初めての絶頂に、全身の力が抜けていた。身体中が火照っている。

「くっくくっ、どうしたんですかぁ？　大きな声を出したりして」

下卑た笑みを浮かべて、鯰江は尋ねる。奈々香の身体に起きたことを、知らない素ぶりで訊いているようだった。

中年男の細い目は、幼い恥裂を食い入るように見入っている。

清らかな白い肌に入った、意味深な縦の割れ目。その陰唇が、ほころんできていた。

鮮やかなピンク色の果肉の奥には、透明な蜜をにじませている小さな穴があった。

何の前触れもなく、鯰江は小さな膣口に電ドラの先端を挿入した。

「んひゃぁぁぁぁっ！」

悲鳴に似た声を奈々香はあげる。後頭部を合板の床にこすりつけて、少女の背中が仰け反る。まだ回転し続けている油性ペンの先端が、放心した幼膣を摩擦する。

まだ快感の波が引かない敏感な膣壁に、さらに燃えるように猛烈な刺激が押しつけられた。むず痒い感覚が熱く膣穴を焦がす。

「やぁぁぁぁッ、あぁっ、はぁぁっ、あぁッ！」

油性ペンのまだ先端の数センチしか入っていないのに、奈々香は荒い呼吸とともに嬌声をあげた。かなり切羽詰まって、息を吸う時にさえ声を上げている。きつく瞼を閉じて、つらそうな表情をしている。

そのうち、次第に電動ドライバーの回転音が勢いを失っていく。もともと調子が悪かったのか、充電が足りなかったのだろうか。しかし、鯰江は慌てた様子もなく、むしろ予想していたかのように冷静に、ゴトリと床に電ドラを置いた。

「もう、そろそろいい頃合いでしょうか。くくくっ」

無抵抗に恥裂を晒している美少女に、男は下品な笑みを向けた。

「い……いや、……や、やめて……」

性行為の経験のない奈々香でも、さすがに鯰江の意図はわかった。か細く震える声で懇願する。

「んん？　本当にやめていいんですかぁ？　奈々香ちゃんの示談金、まだ全然足りてませんよ」

奈々香の顔に、暑苦しい大きな顔を威圧的に近づけて強要してきた。逆光の中で、男の二つの眼球がヌメヌメと脂《あぶら》ぎっている。

「……っ……でっ、でも……」

「優しい僕が、奈々香ちゃんを助けるために、お金を出してあげるんですよ」

妙に恩着せがましく言ってくる。無垢な少女の弱みを利用しているだけなのに。

けれども、それは奈々香にとって都合のいい言い訳になった。高級外車の修理代を払うためには、どうしようもなかった、と。

「………ぅ」

少女は喉の奥で、聞こえないくらいの声でうめく。

自力では、どうやっても示談金を返済できない。両親に頼れそうも無い。もう、手詰まりのような気がする。

「大丈夫です。みんな誰にも言わないですが、やっていることですよ」

奈々香の四肢の緊張が密かに緩んでいく。納得したわけでは決してないが、説得されたことにしてしまえばいい、と思うことにした。

中年男の薄い頭頂部が見える。毛髪の隙間からテカった頭皮が覗いている。

少女の右太ももを、ぐいと開かせ、鯰江は大きな顔を、真っ白でウブな割れ目に近づけた。ほのかにミルクのような匂いがする。

「……あっ……」

囁くような、一オクターブ高い声を漏らす。生温かいグニグニした舌先が、恥裂の間に潜り込んできた。ぶるっと一度、少女は身震いする。

熱いような冷たいような、ゾクッとする焦燥感に似た感覚が膣口から染み込んでくる。奈々香は特に、膣口周りが敏感だった。薄桃色の穴の周りを、ぬめる舌先で舐められると、どうしようもない感覚が燃え上がってくる。

膣穴の奥のほうがムズムズしてくる。もっと刺激がほしくなる。

「……あぅ、んっ……あ、あぁっ……んっ、あっ……」

隙間風の音のような、美少女のか細い嬌声がこぼれた。嫌なのに、気持ち悪いはずなのに、どうしても身体が反応してしまう。未熟ながらも、女としての本能が快感を求めてしまう。

「くふふ、やっと、奈々香ちゃんの果汁が湧いてきましたよ」

中年男に恥ずかしい事実を指摘されて、初めて気づいた。尿意とは少し違う、膣の奥から、チクッと水分が漏れたような感覚があった。

鯰江は、ずずずっと音を立てて、僅《わず》かににじみ出してきた美少女の蜜をすすった。それはヨーグルトの上澄み液の味に似ていた。

「……やっ、あっ……や、やめて……」

弱々しい吐息のような声で、片目を細めて奈々香は訴える。

（……もう、本当にやめて……っ……でないと、わたし……わたし、もっとエッチに、なっちゃうからぁ……）

奈々香は、舐められるのが嫌だったというよりも、これ以上自分が淫らになってしまうのが怖かった。いやらしいことは、いけないことだと思っていた。

しかし身体の奥からは、もっと淫らな刺激を求める欲求が膨れ上がってくる。混乱した情動を抑えようと、奈々香はきゅうっと固く目を閉じる。

すると、ふいに膣穴から男の舌が離れた。「……ふぅ……」と、気づかれないよう

に静かに、奈々香が安堵の息をこぼした直後、

「んあぁぁぁぁぁぁっ！」

瞳を大きく見開き、背筋を大きく仰け反らせた。油断した膣穴に、経験したことのない圧迫感があった。押し拡げられた膣口の周りが、引き裂かれそうに痛い。

中年男の勃起ペニスが、少女の小さな膣穴に押しつけられていた。猛る赤黒い肉棒は、縮こまる膣口をぐいぐいと力任せに拡げようとしている。鮮やかなピンク色の膣前庭は、強引な亀頭の圧力にへこみつつ、健気に抵抗している。

「くくっ、さすがに子供のはキツいですねぇ」

奈々香の右太ももを担ぎ、鯰江はムキになって下半身を押しつけている。男の額《ひたい》には、じっとりと汗がにじんでいた。平常心を装っているらしい。

「いっ、いたっ、痛いっ、やっ、やめて、やめてっ」

未成熟な少女は首を左右に振って、痛みから逃れようとする。頭の上で縛られた両腕を上下にバタバタ揺すり、抵抗した。油性ペンとは全く違う太さに、恐怖を感じる。

「いっ、いやぁぁぁぁぁぁッ!!」

赤黒い亀頭ドリルが幼膣にめり込む。まだ先端が少し沈んだだけだが、それでも股間が裂けそうな痛みに、奈々香は悲鳴をあげた。

男は脂肪太りの全体重を亀頭に集中させる。くいっ、くいっと腰を前後に振って、血管が浮かぶ肉槍を小さな膣穴に突き入れる。

「いッ、いたっ、やっ、いッ、やぁぁぁっ！」

まだぬめりの少ない膣壁を、経験したことのない太いものが容赦なくえぐっていく。奈々香の固く閉じた瞼の隙間から、熱い涙がにじみ出す。中途半端に残っていた処女膜の端切《はしき》れすら押し破られて、鋭い痛みが走った。

（もう、いやいやイヤッ……アソコが裂けちゃうぅぅ……こ、こんなおじさんに、わたしの初めてが……大事な初めてなのに……）

勝手に涙が溢れてくる。激痛と後悔の入り混じった涙が熱い。初体験の相手が、いやらしい中年男だったことが悲しい。

一生で一度きりの初体験が、中年男に奪われてしまう――そう思った途端、なぜか、膣の奥が熱く火照ってきた。

嫌なはずなのに、逃げ出したいはずなのに、勝手に身体の奥が熱くなってくる。

奈々香は自分の頭がおかしくなったのかと思った。号泣したくなるほど痛いのに、同時にむず痒くて我慢できなくなってくる。

（……こんなのっ……絶対におかしい、のに……どうして……っ）

鯰江の勃起ペニスが、未熟な膣壁を引っ掻いて突き進む。うっすらと血のにじむピンク色の粘膜がすり切れて、チリチリと痛い。膣口がはち切れそうに膨張していた。それなのに、痛いというよりも痛痒《いたかゆ》い。もっと太いもので掻いてほしい。

「……あっ……はぁぁ……んぁっ……あぁっ……」

次第に奈々香の声量が落ち着きだし、我慢していたものをゆっくり吐き出すような息に変わってくる。抑えようとしても、どうしても心地よさそうな声が漏れていた。

じわじわと中年男の赤黒い亀頭が、小さな膣穴を押し拡げて沈み込んでいく。亀頭粘膜にこすられて、奈々香の膣粘膜が熱く疼いてくる。

「くふっ、やっぱり中等生の処女は、かなり狭いですねぇ」

額に汗を浮かべて、鯰江は独りごちた。想像以上に挿入しづらいのだろう。

しかし、ようやく亀頭冠の出っ張りが、縮こまる狭い膣口を乗り越えた。と、今までの抵抗が嘘のように、ずるりと勃起ペニスが膣内に滑り込む。

「んあぁぁぁぁっ！」

硬く太い異物の挿入感と、膣ヒダを摩擦された快感で、思わず奈々香は嬌声をあげた。初めて受け入れた男性器に、少女の膣壁は抵抗しながらも、すがるように締めつける。

にたぁと、いやらしく笑むと鯰江は、ぐいぐいと肉槍を処女の穴に押し込んでいく。互いの熱い粘膜が溶けそうにこすれ合って、さらに海綿体が硬くなる。

「あっ、あぁっ！」

一際高く、奈々香は喘ぎ声をあげた。痛いような痒いような膣ヒダを、硬いものが乱暴に引っ掻いていく。中年男の亀頭ドリルに貫かれて、少女の膣内に愛液がにじみ出してくる。

（……やっ、いやぁっ……こんなこと、されて……気持ちいい、なんて……そんなの、ありえないんだから……）

美少女の下腹部が、ぴくっ、ぴくっと波打っている。ウブな女性器が無遠慮に注ぎ込まれている快感に、戸惑っているように見えた。

「やっ、だめっ、あっ、あっ、あぁっ、やっ、あっ、はぁぁっ」

忙しげに息継ぎをしながら、奈々香の口は拒否の言葉をこぼす。ずん、ずんっと押し込まれるペニスの快感に、必死で抵抗していた。少しでも気を抜くと、心地よさに押し流されそうになる。正気を失ってしまいそうになる。

「くふふっ、まだ言いますか。でも、そのうち気持ちよくなりますからね」

闇雲に嫌がる奈々香を、勝ち誇った顔で鯰江は見下ろした。細い腰を摑み、助走をつけるがごとく、ゆっくりゆっくりと腰を引き始める。

「ふぁっ、あっ、あっ、あっ、あぁっ……」

やや気が抜けたような声を、十代の少女は漏らす。どこか残念そうにさえ聞こえる。

「うふぁぁぁぁぁっ！」

少し油断した奈々香に再び、硬く熱い肉槍が強引に押し込まれた。敏感な膣壁を亀頭粘膜にこすられて、嬌声が抑えられない。

無意識のうちに下腹部が、ぴく、ぴくっと震えてしまう。抜ける直前で、ペニスを挿入されただけなのに、膣内が燃えるように熱く感じる。むず痒い電流が、幼膣から全身へピリピリと駆け抜ける。

（……やっ、だめっ……だめなの、こんな、いかがわしいこと……こんなコトしちゃ、ダメ、なのにぃ……）

奈々香は女陰から湧き上がる快感を、必死で否定しようとしていた。思春期の倫理観が、性交をよくないことだと警告している。それなのに、少女の身体は貪欲に快感を求めていた。

中年男の勃起ペニスに突かれることが、たまらなく心地いい。同時に、そんな淫らな感覚を認めたくなかった。

「いやっ、やっ、だめっ、やぁっ、あぁっ、やぁっ」

美少女の可憐な口からは、嫌がる言葉だけがこぼれ出る。

「くふふっ、そろそろ気持ちよくなってませんかぁ、奈々香ちゃん？」

「いやぁ、あっ、んぅっ、そ、そんな……あぁっ、そんなワケ、あっ、あぁッ！」

一瞬、奈々香は見透かされたかと思った。それを懸命に否定する。無理やり犯されてるのに、実は感じているなんて絶対に知られたくなかった。

膣穴を抜き差しする勃起ペニスのピッチが徐々に上がってくる。まだ未熟な膣壁に、じわじわと淫らな液体が染み出していた。

中年男の粘膜と美少女の粘膜がこすれ合う。二人だけの試着室の中に、にちゅ、くちゅ、にちゃという粘っこい音が響く。その音がとても淫らなことをしている、と奈々香に思わせた。

ついさっきまで学校にいたはずなのに、自分だけは中年の男性とこんな淫らなことをしてしまっている。背徳感に似た、どこか優越感と堕落感が入り混じった感情が思春期の少女の心を搦《から》め取る。それは決して嫌な感じでは無かった。

「あっ、あぁっ、はぁうっ、んはぁっ」

奈々香の可憐な口から、快感に染まった息が切れ切《ぎ》れに吐き出される。

やや緊張のほぐれてきた幼膣を、力任せに亀頭ドリルが掘削していく。驚くほどきゃしゃな少女の身体は、合板の床の上で前後に荒々しく揺さぶられ、綺麗なストレートの黒髪が、だらしなく乱れて広がっている。

滑らかなお腹の皮膚が静かに波打っているが、控えめなバストは純白のブラジャーに拘束されてほとんど揺れていない。

そのAカップの乳房を覆っているブラに、鯰江の太い指先が伸びる。ぴっちりと柔肌に張りつく下着を、乱暴にまくり上げた。

「やっ！　やぁっ、だめっ、見ないでっ」

少し大人しくなっていた少女が、潤んだ目を見開き、声をあげる。

「今さら、恥ずかしがってるんですかぁ？　下の口ではチ×ポを咥えているのに」

蔑《さげす》むような細い目で、中年男は拘束された少女を見ている。その間も男の腰は、ぐい、ぐいと美少女の股間に押し付け続けられていた。勃起ペニスが幼膣に、じりじりと沈んでいく。

男の大きな手のひらが、奈々香の背中の下に回り込む。ごそごそとまさぐられていると、パツッという微かな音とともに、控えめな乳房を覆い隠していたブラの拘束がはずれた。

「いやぁっ、だめっ、見ないで、見ないでぇっ」

真っ赤になった顔と白い上半身をくねらせて、不必要なくらい抵抗する。両腕が縛られているので、自由に動かせない。胸元を隠すことも、顔を覆うこともできない。

少女の抵抗を楽しげに見つつ、鯰江はすかさず純白のブラを下からめくり上げた。隠されていた純朴な膨らみが二つ、男の目の前に晒される。

「……い、いやぁ……やぁぁ……」

奈々香は顔を横に向け、固く目を閉じている。小さな薄桃色の唇から細く掠れた声がこぼれ出る。

「ほう……。これは、これは。なかなか、可愛らしいオッパイじゃないですか」

大きな汗まみれの顔を少女の胸の膨らみに接近させて、意地悪く褒める。男に媚びることを知らない二つの乳房があらわになっていた。奈々香は泣き出す直前のように顔を歪ませて、男に懇願する。

「……い、いや……み、見ないで……」

「くくくっ、何がそんなに恥ずかしいのか、わからないですねぇ」

ニタニタと目を糸のように細めて、控えめな乳房の先端を眺めている。

真っ白な膨らみの頂上は、清らかな薄桃色に丸く色づいていた。その透明感のある薄桃色の真ん中には、突起物が見当たらない。小さく可憐な乳頭は、控えめな膨らみに恥ずかしげに埋もれていた。奈々香は、実は陥没乳首だったのだ。

「こんなに可愛らしいのに、恥ずかしがるなんて変な子ですねぇ」

蒸し暑い鼻息を双丘に吹きかけ、鯰江は鼻の下を伸ばしている。

そんな言葉にも、奈々香は一切反論しない。クラスメイトにすら隠してきたことを、こんな腹黒い中年男に最初に知られてしまった。小さな胸も恥ずかしかったが、それ以上に乳首が埋もれていることが、女性として何より恥ずかしかった。

真っ赤になった顔を背け、全裸を晒す美少女は口を横一文字にして、羞恥に耐えていた。一秒でも早く、この場から消え去りたい気持ちだった。

恥辱に苦しむ少女の心など、まったく知らない鯰江は鼻先を控えめな乳房に押しつけた。透けるくらい白くすべすべの膨らみは、ほんのりとミルクのような甘く幼い香りがした。

わらび餅を思わせる、たぷたぷとやわらかい乳房を鼻の頭でこね回す。清楚でささやかな膨らみは、されるがままに形をたわませた。美少女の控えめな双丘に、中年男は愛しげに顔をこすりつける。

「……っ、ふっ、んんっ……」

鯰江が顔を右に左に動かすたびに、奈々香の胸は、びく、びくっと怯えるように震えた。おぞましくて、怖くて、奈々香は悲鳴もあげられない。口の中がカラカラに乾いていた。

見たくないはずなのに、つい薄目を開けて鯰江の様子を窺ってしまう。自分の胸の上に、想像以上に大きく丸い頭頂部が見えた。薄い髪の隙間から、脂ぎった頭皮が鈍く光を反射している。

指の太い大きな手が、乳房を左右から真ん中へ寄せ上げていく。そのささやかな胸の谷間には、大きな頭がこすりつけられている。

（……いっ、いやぁ……こんなの……わたし、レイプされてる……っ……）

中等生の純潔がいやらしい中年男に犯されていた。奈々香のウブな貞操観念が突き崩され、それなのに身体の奥の方では焦燥感に似た熱い情動が膨れ上がっていく。

膣の奥のほうが、火照ったように熱い。

奈々香にはなんだかわからない欲求が、勝手にどんどん大きくなっていく。無理やり犯されている膣穴が、歓喜するように愛液を分泌する。

（……レイプされてるのに……どうして、わたし……わたし……気持ちいい、なんて思ってるの……？）

むず痒く熱い膣壁を、中年ペニスが強引に削る勢いでこすっていく。すると、溜まっていた何かが解き放たれるような快感になって拡散した。その気持ちよさは、すぐに消えてしまい、またむず痒さが残る。

もう一度、早く、鯰江のペニスに激しく突いてほしい、と願っていた。快感を求める情欲が、奈々香の心を焦《あせ》らせる。

「……んうっ……あ、はぁあっ、あっ……ひゃあっ！」

湿った声を漏らしていた奈々香が、ふいに驚きの声をあげる。鯰江が、控えめな白い膨らみに吸いついていた。

「やっ、だめっ、やっ、ぃやぁっ」

夢中で中年男は、美少女の乳房の先端を吸引する。薄桃色の乳輪の中心に、引き籠もる乳首を吸っている。

無数の極細の針が、一斉に乳頭に突き刺さっているように奈々香には感じた。気持ちいいどころか、ただ痛いだけだった。

膣穴の火照りと乳首の痛みで混乱した奈々香は、きゃしゃな身体をくねらせて逃れようとする。だが両腕と左足首は縛られたままなので、自由に動かせない。

奈々香が身をよじらせたせいか、ずるっと勃起ペニスが深く沈み込んだ。

「んあぁぁぁぁッッ！」

今まで以上に大きな摩擦を感じて、あどけない美少女は思わず嬌声をあげた。疼いていた膣壁が快感の熱で、一気に発火したようだった。その直後に温かな充足感が、一瞬だけ訪れた。

「おやぁ？　今のは、ちょっと感じたんじゃないですかぁ？」

吸っていた乳房から口を離して、鯰江は好色そうに尋ねる。奈々香は、答えられない。困ったように眉をひそめたまま、顔を背けている。しかし、次第に耳が赤く染まっていく。

再度、中年男は少女の乳房を口に含んだ。同時にぐいっ、ぐいっと腰を押しつけ、肉槍をさらに奥へと突き入れていく。

拘束された少女の小さな身体が合板の上で、たゆん、たゆんと前後に波打っている。奈々香は恥ずかしい声が出ないように、きゅっと唇を結んでいた。

いつの間にか幼膣の中は潤っていた。中年ペニスは短いストロークで抜き差しを繰り返し、幾分滑らかになった膣穴の奥へじりじりと沈み込んでいく。

「……んあぁっ……あっ、あぁっ……はぁぁ……うっ……」

小さく開いた口から、堪えきれない声がこぼれ出る。我慢しようと思っても、どうしても淫らな声が出てしまう。しかも、声を出すことで一層、気持ちよく感じるようだった。

硬い肉槍が傷ついた膣穴を引っ掻き、幼い膨らみに埋もれる乳首を吸引され、痛いのか、むず痒いのか、わからなくなる。でも、やめて欲しくない、とも思う。

顔をニヤけさせて、鯰江は腰を叩きつけて幼膣を掘り続ける。

「はぁうっ、はぁっ、あ、はぁっ、あぁぅっ、んぅんっ」

切羽詰まったような、か細い息を奈々香は休みなく吐き出す。可憐な唇の隙間から、真珠めいた白い歯が覗いた。皺が寄るくらい、きつく瞼を閉じて耐えている。

認めたくないが、中年男のペニスに膣を掘削されて、快感のようなものを感じていた。しかも縛られて無理やり犯されているせいで、感度が増していた。

何だかわからないが、とにかく膣がむず痒くて、もっと続けてほしかった。奈々香の心の奥底で、女の劣情が求めている。

「ひぃうぅぅんっ！」

口を閉じようとしていたせいか、奈々香は変な嬌声をあげた。中年男の太い指先が、包皮に隠れていたクリトリスを一回だけ、しゅりっとこすっていた。

熱いのか冷たいのかわからない、メントールに似た刺激が、一瞬で背筋を突き抜けた。合板の上で、裸の美少女がビクンと仰け反る。

（……こ、この感じ……知ってる……なんか……久しぶり、かも……自分で触った時よりも……なんか、これっ……すごい……）

頭の中が、快感で痺れている気がする。他人に触られるほうが、こんなに感じてしまうなんて、と少しだけ戸惑う。

「くふふっ、可愛い声ですねぇ、奈々香ちゃん。もっと嬲りたくなりますよ」

言うが早いか、鯰江は二度、三度と少女の桜色のパールをこすり上げる。奈々香ははしたなくも、中年男の指で、ビクッ、ビクンッと裸の身体を跳ねさせた。

強引な快感が、何回も奈々香の中を突き抜けていく。そのたびに、狭い膣の中に恥ずかしい液体がにじみ出した。

緊張したように縮こまったままの狭い穴に、ぬめり気が増し、ピストン運動のピッチが速くなる。鯰江は奈々香の右太ももを担ぎ上げ、自分の陰毛を少女の股間に何度も打ちつけた。ぱし、ぱし、と肌と肌のぶつかる乾いた音が響く。

まだ無毛に近い少女の恥裂を押し拡げて、中年男の肉棒が幼膣にめり込んでいく。

「あうっ、はぁっ、あぁっ、んはぁっ、ふぁぁッ！」

一オクターブほど高めの驚いた声を、奈々香はあげた。今まで滅多に外界に触れていなかった皮膚が、中年男の口の中に引きずり出されてしまった。

薄桃色で小粒の乳首が、なだらかな乳房の頂上に頭を出している。ややいびつな球体の乳頭は、中心部分が大きくへこみ、どこか拗《す》ねているように見えた。薄桃色の可憐なレーズンが初めて触れた外界は、ねっとりとした鯰江の口の中だった。

痛いくらいの吸引と、繰り返し突き入れられる膣穴の刺激で、奈々香の陥没した乳首は小さく勃っていた。グミよりもやわらかな乳首が、新芽のように顔を出している。

「くふっ、やっと出てきましたよ」

発達中の乳房から、ようやく口を離した鯰江が、ほくそ笑む。健気に勃った薄桃色の乳頭が、中年男の唾液に濡れて光っている。

「やっ、だめっ、やだぁ、あっ、んはぁぁぁっ！」

小さく勃った無防備な乳首を男が、ぎゅっと、つまみ上げた。乳房の先端に、極細の針のような快感が幾本もチクチクと突き刺さる。溜まらず奈々香は嬌声をあげ、紺ソックスだけの全裸姿で悶える。

（……い、イヤなのに、恥ずかしいのに……もっと……してほしい、なんて……こんなの……こんなわたしって……）

普段、乳房に埋もれていた乳首は、秘部の粘膜以上に敏感に反応していた。ひやっ、と震え上がるような熱い感覚が、思春期の少女の官能を虜にしていく。

その快感と呼んでいいのかわからない感覚を、もっと感じてみたいと思う。気持ちいいのかどうかさえ分からない感覚を、もっと確かめてみたいと思う。奈々香の幼い情欲が、犯される快感を求めていた。

つままれたり吸われたりしている乳首に、ずんっずんっと突き入れられている膣穴に、神経を集中させてみる。何だかよくわからない感覚だが、決して嫌ではない。もっと、もっと、鯰江にひどいことをされたくなる。

「あっ、あぁっ、はぁっ、んあぁっ、はぁぅっ」

無意識のうちに、可憐な唇から心地よさそうな喘ぎ声が、次から次へとこぼれ出す。奈々香は息をつく間もないほど、幼くも艶っぽい嬌声を何度もあげ続けている。

よく知りもしない中年男の指先に、ペニスに、不思議なくらい感じていた。強引に犯される快感に、少女の全身が甘く痺れている。

子宮口から、どろりと粘った液体が溢れ出した。生真面目に縮こまった膣穴を、熱く硬い肉棒が抜き差しして敏感粘膜をこする。突き入れられても、引き抜かれても、膣壁に甘くとろけるような甘美な電流が走る。

膣粘膜と同じくらい敏感な陥没乳首を、舐めこすられ、つままれ、ゾクゾクする期待感が背筋を這い回る。中年男の舌に舐められている自分が、誇らしいくらい悲壮に思えてきて、それが心地いい。

可哀想な自分を、もっと舐めてほしい、もっとペニスで突いてほしい、そんな願望が心の奥にあることに奈々香は、うっすら気づく。被虐的な悦びを知ってしまった。

つい数時間前まで、ギリギリ処女だったローティーンの少女は、犯される快感を覚え始めていた。

「あぁっ、はぁんっ、ん、くふぅ、あふぅ、はぁっ、んあぁっ」

切羽詰まった嬌声の合間に、寝言を思わせる恍惚の声が混じりだす。幼膣に荒々しく突き入れられる肉棒の摩擦で、膣壁が熱く疼いてくる。温かく潤み始めたチェリーピンクの膣穴を、カチカチの勃起ペニスが埋め尽くしていた。

張り出したカリ首が、ヌメヌメの膣粘膜をえぐるように前進し、後退する。熱く火照った敏感粘膜が激しくこすれ合って、一層熱くなる。もっともっと熱く焦がしてほしくなる。劣情が止まらない。

ふいに、奈々香の下腹部の奥から、何かわからない情動が爆発的に膨れ上がった。まだまだ熱い欲求を感じていたいのに、唐突に何かが破裂してしまいそうな予感がする。何かよくわからないものに、急き立てられている気がする。

無自覚のうちにあどけない少女は細腰を、首を、もがくように左右にくねらせる。

奈々香の硬く閉じた瞼の裏で、眩しい銀色の光が急速に明滅する。

その光の中を、赤紫、黄緑、青紫の星々がチカチカと瞬く。

頭の中が目眩《めまい》のようにぐるぐる回っている感じがする。

少女の全身を熱くて甘い電流が貫いていく。

ピィンと真っ直ぐに足の先まで硬直する。

膣壁が収縮してペニスにしがみつく。

「ふぁっ⁉ はぁっ、ん、あ、あぁぁぁぁぁぁッ‼」

奈々香は大きく目を見開いた。身体の奥底から沸き上がる制御できない劣情の破裂を感じて、驚いた声をあげた。未経験の感覚だった。

地球の重力が感じられない。粗雑な合板の上に寝ているはずなのに、身体中が温かいものに包まれて、浮かび上がっているようだった。

同時に今まで感じたことのない、穏やかな充足感が全身に溢れている。足の先から指の先まで、温かいものがジンジンと脈打っている。

「はぁっ! はっ、はっ、はっ、はっ……」

思わず呼吸をするのを忘れていた。慌てて奈々香は息を吐き出す。なだらかな乳房と薄い腹部が、懸命に上下している。

「おやおや、奈々香ちゃんだけ、イクなんてズルいですねぇ。くくっ」

すぐ近くにいるはずの鯰江の声が、かなり遠くのほうに感じる。絶頂に達した奈々香は恍惚状態だった。とろんとした半開きの目で、中年男を見つめる。

下着を剝ぎ取られ、両腕を縛られた美少女の瞳は潤んでいた。どこか悲しげで、それでいて何かをお願いしているようにも見える薄目を、陵辱者に向けていた。

「でも、まだ終わらせてあげませんからね」

鯰江に奈々香の瞳はどう見えたのか、男は猛烈に腰を振り始めた。パンパンに張り詰めた赤黒い亀頭が、チェリーピンクの膣穴に何度も打ち込まれる。

幼い膣壁は縮こまったままだったが、淫らな蜜に濡れそぼっていた。一見萎縮しているようで、その無数の膣ヒダはヌルヌルとやわらかく、中年男の屹立にしっかりと吸いついている。

「……やっ、あっ、あぁっ、はぁんっ、ぅふぁっ、あはぁっ」

いまだ絶頂の波に溺れている少女の身体は、さらに敏感になっていた。温かな充足感に輪をかけるように、さらに甘く痺れる快感が湧き起こる。もう満足しているはずなのに、もっと快感がほしくなる。蜜穴全体が、熱く火照って疼いている。

奈々香は、自分の身体が信じられなかった。

イカされたはずなのに、膣穴の疼きが止まらない。大人しい奈々香の性格には似つかわしくないくらい、女陰は貪欲《どんよく》だった。

全裸の美少女は喘ぎつつ、口をぱくぱくさせている。幼さの残る手脚が、小刻みに痙攣している。ときおりしゃっくりでもするように、全身を跳ねさせている。

きゃしゃな細腰を両手で摑んで、鯰江は取り憑かれたかのごとく腰を打ちつけた。汗だくになって、奈々香の蜜穴を肉槍で掘削している。中年男と少女の激しい息遣いに混じって、結合部から粘っこく淫らな音が聞こえている。

「んあっ、はぁっ、あぁっ、ぃやっ、あっ、んはぁっ」

喘ぎ声に混じって、嫌がる声がこぼれ出る。それは性行為を嫌がっているのではなく、絶頂して満足しているはずなのに、また絶頂感を求めてしまっていることが、嫌だという内心の声だった。

快感を引きずっている膣ヒダは、単純すぎるくらい敏感にペニスの抽送に反応する。乱暴に突き入れられても、身勝手に引き抜かれても、強烈なミントタブレットのように膣内を熱く焦がす。思春期の少女の思考が、淫らな欲求で満ち溢れる。

またイカされたくて、たまらない。

「くくっ、いい締まりをしますねぇ」

がむしゃらな腰の動きで、猛る肉槍を幼膣に叩き込む。小柄な少女の身体が、ガクガクと揺さぶられる。奈々香の口は、吐息か嬌声かわからない音を溢れさせる。

唐突に鯰江が勃起ペニスを、ずるっと引きずり出した。

ほぼ同時に、破裂しそうに膨らんだ亀頭の先端からスペルマが噴出する。

ずびゅっ!! びゅびゅびゅっ! びゅうっ! びゅっ、びゅっ……。

ぴく、ぴくっと震える少女の白い素肌に、中年男の精液が吐き出される。白濁した粘液は、おへそに、乳房に、奈々香の顔にまで、ぼたぼたと飛び散った。

楽しみをあとにとっておくつもりなのか、鯰江は少女の膣内ではなく、膣外に射精していた。

「……はぁっ、はぁっ、はぁっ…………あ、あ……」

身体中で息を切らしながら、呆然と奈々香はぶちまけられた白濁液を見ている。生まれて初めて目にした精液に、言葉が出なかった。自分の身体にかけられた意味も、まったくわからなかった。

膝立ちになった中年男は、ビンと水平に突き出した肉棒を自らの右手でしごいている。鈴口からは断続的に残った精液が飛び出し、奈々香の恥丘やおへそを汚した。

陶然とした瞳で全裸の少女は、独特の臭いを放つ白濁液を見ている。じわりじわりと尾を引いて、白い肌から合板の床へとゆっくり伝い落ちていく。

とりあえず、よくわからないながらも、これで終わった、と奈々香はぼんやり思っていた。嫌だったのに、あんなに気持ちよく感じてしまうなんて……。後ろめたくて思わず、きゅっと、きつく目を閉じた。

まだ頭の中が、目眩《めまい》のようにぐるぐる回っている。

奈々香は「はぁ……」と、聞こえないくらいの小さな溜息をついた。これから帰って宿題をしないと、などと考え、ちょっとだけ憂鬱になる。

すると再び、鯰江が少女の右脚を持ち上げた。奈々香が何かを言う前に、いきなり肉棒が膣穴に押し込まれる。

「んはあぁぁぁぁッ！」

自分でも、びっくりするくらい大きな声が出てしまう。すかさず鯰江は、

「くくくっ、まだ終わってませんよ、奈々香ちゃん」

ニヤけた低い声で言い放った。ぐりぐりっと硬く太い肉の塊が、敏感なままの蜜穴に割り込んでくる。たちまち、膣ヒダは歓喜するように熱く火照ってくる。

堪えきれずに奈々香は、はしたない嬌声をあげた。

第五章　犯された純粋なアナル

僅《わず》かな振動でも、ひら、ひらとタータンチェックの布地が揺れる。

いつもの学校指定セーラー服のものよりも、かなり短めで軽量なえんじ色のチェックスカートの裾が無邪気に揺らめいている。

その布地は、緊張している小ぶりなお尻を包み、丸く膨らんでいる。二本の健《すこ》やかな太ももから、そのスカートはふわりと浮き上がっており、魅惑的な空間ができ上がっていた。

奈々香は慣れない他校の制服を着させられていた。小さな耳を桜色に染めて、白い半袖ブラウスの胸を隠すように両腕を寄せている。

恥ずかしそうに内ももをこすり合わせて、なんとなくモジモジと落ち着きがない。

綺麗なストレートの黒髪は、すっきりとしたポニーテールにまとめていた。

万が一、知り合いに見られても、奈々香だと思わせない変装のつもりだった。

すぐ前を鯰江が先導している。黙って奈々香は、彼のあとを歩いている。

この日、奈々香は鯰江とともに電車に揺られ、見知らぬ駅で降ろされた。

今まで降りたことのない駅に降りたので、まったく土地勘が無い。

見知らぬ住宅街を心細い想いで、ただ中年男についていく。すでに、どこで曲がってどの道を来たのかさえ、はっきり覚えていない。

すると、いきなり鯰江は左に曲がり、真っ暗な夜の公園に入っていく。ためらいもせずに、どんどん奥へと歩いていく。奈々香はついていくしかない。

雨の日が多かったせいか、木々は無数の葉を茂らせ、公園内を一層暗く塗りつぶしていた。黒々としたその姿は今にも襲ってきそうで、少女の恐怖心をかき立てた。

やがて暗闇の中に、ぼんやりと明るい場所が見えてくる。

薄暗い街灯がレンガ調の小さな建物を照らしている。人の気配は無い。

太く大きな手が、奈々香の手首をがっちりと摑《つか》んだ。そのまま、建物の中にぐいぐいと強引に連れ込んでいく。

「……あっ……」

鼻を突く臭いに、思わず奈々香は顔をしかめた。そこは、ローティーンの少女が今まで一度も立ち入ったことのない場所だった。実際に見るのは初めての、男性用小便器が冷たく並んでいる。レンガ調の建物は公衆トイレだった。

「……は、離して、くだ、さい……わ、わたし、こんなところ……」

こんな場所は生理的に嫌だった。息をするだけで、肺まで汚される気がする。

「こんなところでエッチするのはイヤですか？」

ぐぐっと、大きくていやらしい笑みを浮かべる顔を近づけてくる。湿った吐息が少女の顔にかかる。あまりの威圧感に奈々香は目を背ける。

「でも奈々香ちゃんの意見は、誰も訊《き》いてないんですよ」

小さな顎を左手でつまむと、ぶよぶよの分厚い唇を押しつけてきた。

「んっ⁉ んむっ……ん、んぅぅ……」

やや薄目の可憐な唇を割って、生温かいナマコのような舌が侵入してくる。同時に、美少女の口腔内を猛烈に吸引し始める。怯える小さな舌先が、あっけなく吸い上げられ、中年男の舌でぬちゅぬちゅとこね回される。

男のざらざらの舌先が、小さな舌の表も裏も舐めくすぐる。ぴくんっと半袖ブラウスの身体が震えた。少女の唾液が、後から後から溢れてくる。

（……イヤなのに……気持ち悪くて、くすぐったいのに……なんか、ヘンな感じ……

身体中がゾクゾクしてきて……）

ビクッと大げさなしゃっくりのように、奈々香の全身が跳ね上がる。鯰江の太い指先が、ショーツの中に潜り込んでいた。寄り道をせずに、あどけない膣穴にぬるり、と挿し込んでくる。

太くて生温かいものが、くり、くりっと膣壁をこする。幼膣に神経と血流が集中し始める。奈々香の意思とは無関係に、敏感粘膜が勝手に歓喜し始める。

（……あ、あっ……また、この感じ……アソコが、あ、熱くなってくるぅ……）

奈々香は幼膣を責められて、無意識のうちに細腰をくねらせていた。太い指で膣壁をこすられると、さらに熱く疼いてくる。

「くくっ、奈々香ちゃんの舌は、ジューシーで美味しいですねぇ」

ようやく唇を離した鯰江が、手の甲で自分の顎を拭《ぬぐ》いながら言ってくる。

「……い、いや、です……こんな、の……」

うなだれた奈々香は、弱々しい小声で不平をこぼす。けれども、気恥ずかしそうに頬を染めていた。それほど嫌ではなかったらしい。

まだ、膣穴には中年男の指先が入り込んでいた。鯰江は突っ込んだ指先を小刻みに震わせる。

「あっ、あぁっ……ふぅっ、ん、んっ、くふぅぅぅぅ……」

下腹部の奥が、熱くジンジン痺れる。膣穴の奥のほうと、尿道まで熱くなってくる。

自分では、どうしようもないくらい、恥ずかしい別の欲求が膨れ上がっていた。

必死にそれを堪《こら》えているのに、逆にどうでもいいかと弱気になってしまい、もう、いっそ楽になれたら、と思った途端、奈々香の心の奥底でタガがはずれた。

「……あっ！　ふぁッ……あっ、あっあっあっ……」

少女は可愛らしい息を、切れ切《ぎ》れに吐き出す。白い二つの太ももが、ぷるぷると激しく震えている。ずっと我慢していたが、限界だった。

熱い奔流が一気に、尿道を飛び出した。

ぢょっ、ぢょぢょっ、ぢょぢょぢょぢょぢょぢょぉぉぉ……。

一度溢れ出すと、決壊は止まらない。針で開けたような小さな穴から、レモン水が噴き出す。少女の足下に、たちまち水たまりが広がっていく。

電車に乗っている時から、ずっと抑えていた排尿欲求が解き放たれてしまった。

「やっ、イヤッ、見ないで見ないでっ、いやっ、いやっ！」

悲鳴に似た声を奈々香はあげる。顔中が真っ赤になっている。中等生になって、小水を漏らすなんて恥ずかしすぎる。膣穴をいじっていた鯰江の手にも、尿がかかっていたはずだ。恥ずかしい水たまりからは、塩甘い香りが漂い出す。

「あぁ、もったいない」

その肥満体に似合わない敏捷《びんしょう》さで鯰江はスカートをめくり、少女の股の間にしゃがみ込んだ。

片側に寄せられたショーツの脇の陰裂から、レモン汁が元気よく噴き出している。その真下に陣取り、少女の恥裂を眺める。

ぷるぷるの陰唇を震わせて、溢れ出す小水はねじれた曲線を描いて落ちる。ニタついた顔に、毛髪の薄い頭に、白いYシャツに、奈々香の温水がシャワーのごとく降り注いだ。

おどけるように大きく開けた口の中に、美少女のレモン水がびちゃびちゃと飛び散る。鯰江は嬉しそうな半目で、降り注ぐ温水を浴びていた。

ほどなくして、噴き出す小水が勢いを失った。奈々香は泣きそうな顔をしている。温水がかかった頭髪を、満足そうに撫でつけながら中年男は、

「ちょうど喉が渇いてたんですよ。でも、もう少し飲みたかったですね」

顔をリンゴ病のように真っ赤にして、奈々香はきつく瞼を閉じている。恥ずかしくて死んでしまいそうだった。他人の前で小水を漏らして、さらにそれを飲まれてしま

うなど、もう理解が追いつかない。

混乱してうつむく奈々香の肩を摑むと、鯰江は強引に個室に連れ込んだ。あまりの羞恥心で身体を固くしている少女は、抵抗することもできなかった。

鯰江の背後で、個室のドアがロックされる。

奈々香は背中と両腕を、冷たいタイル地の壁に張りつかせて顔を伏せている。恥ずかしくて男の顔なんて直視できない。

「……ひゃあッ⁉」

下半身の感覚に驚いて、思わず奈々香は目を見開いた。

髪の薄い中年男の頭が、短いスカートの中に潜り込んでいた。それどころか陰唇の内側で、生温かいヌルヌルしたものが蠢《うごめ》いている。

少女の陰部の肌は体温が低めだったが、陰唇の中は熱くぬめっていた。うっすらと黄色に染まったショーツごと、鯰江は口に含んでいた。幼い割れ目に舌を挿し入れて、小さな小さな尿道口を探る。

「……はぁうっ……んっ、くぅぅぅ……」

意外と尿道口のあたりも性感帯だったらしく、奈々香は湿った吐息を漏らし始める。温かいナマコのような舌は気持ち悪いはずのに、なぜかむず痒く感じてしまう。舌先でこすられると、それだけでジンジンと熱く疼いてくる。

陰唇の内側は鮮やかなピンク色に染まり、一層感度が増してくる。舌先がぬるぬるで敏感な粘膜をなぞると、燃え上がりそうな快感が湧き起こる。美少女の恥裂からは、ヨーグルトの上澄み液のような香りが漂っていた。

知らず知らず少女の両手が、中年男の頭を抱《かか》え込む。押しのけるつもりだった手が、逆に鯰江の顔を股間に押しつけている。むず痒さが止まらない。もっともっと恥部を痛めつけてほしくてたまらない。

鯰江は唇を恥裂に密着させて、尿道の中を猛烈に吸引している。僅かに残っていた尿が、男の口内にぢゅうぢゅうと吸い取られていく。

「ふう……ごちそうさまでした。なかなか、美味しかったですよ」

タータンチェックのスカートから頭を出した鯰江が、小水の味の感想を告げた。何か一言でも男を咎《とが》めようと口を開けるが、羞恥と快感で混乱した奈々香の口からは言葉が出ない。

目を合わすのも恥ずかしすぎて、睨みつけることもできない。

——キキィイーッ……。

奈々香が言葉を探していると、外のほうから自転車のやや錆びついたブレーキ音が聞こえてきた。

誰かが、この辺鄙《へんぴ》な公衆トイレに来てしまったらしい。奈々香は血の気が引く思いで、外の様子に耳をそばだてる。

ざっ、ざっと靴底が砂地とこすれ合う音が聞こえる。靴音は、どんどんこちらに近づいてくる。奈々香は息を止めて、通り過ぎるのを祈る。

ところが鯰江は、このタイミングで奈々香のショーツに手をかけ、一気にずり下ろした。

「ひゃっ……」

慌てて奈々香は、両手で自分の口を塞ぐ。絶対に外の人に気づかれてはいけない。どこかためらい気味の靴音が、男子トイレの中にまで入ってくる。奈々香は息を殺して、音を立てないように注意した。しかし、人の気配は二人が籠もっている個室の前まで来てしまう。

「サヤマさぁーん、ここですよ」

こともあろうに鯰江は、トイレの中で大声をあげた。どういうことかわからず、奈々香は中年男に目を向ける。すると、ドアの向こうから「あ、はい……」と遠慮がちな声が聞こえてきた。

聞き覚えがある気がする。記憶をたぐる。確か鯰江が『サヤマ』と呼んでいたのは、気弱そうな男子高校生だった。

「もう始めてますよ。早くしないと、終わってしまいますからね」

奈々香は、どういうことなのか尋ねようとした。だが、それより早く鯰江はタータンチェックのスカートをめくり上げた。

「きゃあっ」

少女の悲鳴などおかまいなしに、中年男はめくり上げたスカートの裾を、か細いウエスト部分に挟み込んだ。ショーツは少女の膝のあたりで丸まっていた。奈々香はスカートをまくられて、股間をさらけ出す蠱惑的《こわくてき》な姿になった。

耳まで真っ赤に染めて「やめて、やめてっ」と奈々香は抵抗する。その時、視界の端に、何か動く物が映った。鯰江がしゃがんでいたせいで、個室のドアが見えている。そのドアの上に、小さくキラッと光を反射したものがあった。

スマホのレンズが、個室内に向けられていた。

どうやら男子高校生がドアの上から、下半身が丸見えになった奈々香を撮影しているらしかった。

「サヤマさぁん、ちゃんと撮れてますかぁ?」

振り向きもせずに、鯰江は背後の男子高校生に声をかける。男の目は、奈々香の楚々とした幼唇を食い入るように見ていた。

すでに三回以上、中年男のペニスを突き入れられた女陰とは思えないくらい、清らかで透明感のある肌だった。割れ目もぴったりと生真面目に唇を閉じている。相変わらず陰毛は、目視できないほど弱々しく薄い。

中年男の太い指先が、美少女の大陰唇を左右に、くぱぁ、と開く。内側は熟したザクロの実のように鮮やかなピンク色で、微かに粘っていた。

「……ぃ、ぃゃぁ……」

個室トイレの壁に吸い込まれそうな、小さな声を奈々香はこぼす。

割れ目の上端の部分、慎ましやかな膨らみの裏側に太い指先が潜り込む。怯えるように隠れているクリトリスに、ザラついた指の腹が触れる。

「ひぃうぅうんッ！」

陰核に、熱いような冷たいようなゾクゾクする電流が走る。壁に押しつけられた奈々香の背中が、ビクッと仰け反った。たちまち桜色の真珠から全身に、とろけそうな快感が温かく拡散する。

（……ど、どうして……他の人に触られるのが、こんなに気持ちいいの……？）

奈々香は目と口をきゅっと固く閉じて、声を抑えようとする。けれども、男の指先の動きは容赦しない。包皮の下で縮こまるクリトリスを、何回も下から撫で上げる。そのたびに、甘く痺れる快感が少女の全身を突き抜けていく。

奈々香は薄目で、ドアの上に視線を向けた。冷淡にスマホの黒く小さなレンズが、美少女の恥ずかしい姿を録画している。

「……あっ……ふぁっ……んっ、あっ、あぁっ……」

片手で口を覆って、奈々香は嬌声を隠そうとする。他校の制服を着た少女の身体が、何かを堪えるようにくねっていた。間違いなく、気持ちいい。誰かに見られていると思うと、ますます痺れるような快感が倍増する。

（……わ、わたし……こんな恥ずかしい姿を、撮られてる……こんなのイヤなのに……もっともっと、ひどいことしてほしい……）

気づけば、いつの間にかクリトリスが包皮から頭を出していた。中年男の指にこすられて、男子高校生に撮影されて、満足げに充血して膨らんでいる。

狭い個室内で、おもむろに鯰江が「よっ、こいしょっ」と大儀そうに立ち上がった。逆光で中年男の顔は、よく見えない。奈々香は怖くなって、すぐに目を逸らした。すると男の太い指先が、白いブラウスのボタンをつまんだ。

「……あっ、ぃ、ぃやっ……」

誰かに遠慮しているような小声で拒む。決して、助けを求める大きな声ではない。

男はプチプチと、手早く上からボタンをはずしていく。襟元のボタン一つだけ残して、ブラウスの前立てを左右に、ばっ、と開けた。

少女特有の、ミルクのような甘い香りが匂い立つ。

背後のカメラを意識して、鯰江は身体を横にずらした。夏の制服をはだけたノーブラ・ノーパンの姿が晒される。鯰江の命令で、ブラはつけていなかった。

襟元のタータンチェックのリボンが、清楚な美少女らしさを強調している。はだけられた胸元には、薄桃色の乳輪が二つ、いじらしく色づいていた。恥ずかしくて奈々香は、顔を横に向けている。埋まったままの乳頭を見られたくなかった。

「くふふっ、相変わらず可愛らしい乳首ですねぇ」

当然のことのように鯰江は、控えめな乳房に大きな口を開けて吸いついた。生温かい舌が、やわらかな膨らみを右に左に舐め上げる。ときおり埋まっている乳首に舌先を突っ込んで、ほじってくる。

「……あっ……あぅぅ……んふ、ぅあぁっ……はぁぁ……」

奈々香の口から、熱く湿った吐息が漏れ出た。頬を紅潮させて、瞼を祈るように閉じている。乳房の先端から、ピリピリした甘い刺激が突き刺さってくる。

人見知りする薄桃色のポッチが、じわじわと勃ち始める。思春期の乳首自体が快感を求めて、なだらかな丘の上に突き出る。

「……はぁあっ……んっ、くふぁぁぁ……」

普段は引っ込んでいるので、表に出るとより過敏に感じてしまう。男が舌先を動かして乳首を左右にはたくと、立っていられないほどの快感が少女の身体を震わせた。

「……あッ……い、いや……だめ……こ、こんなの……はぁぁっ……」

弱々しく奈々香は抵抗する。本当に嫌なのではなく、我慢できない、という意味の〝いや〟だった。

「んん？　そんなウソ言ってもダメですよ。こんなに勃ってるのに」

美少女の乳房を口に含みながら、鱠江はモゴモゴと指摘する。口に含んでいないほうの乳首が、男の目の前にあった。どちらの乳頭も健気にしっかりと勃っていた。

鱠江は空いている手で、もう片方の突起も、きゅっとつまんだ。グミよりも、はるかにやわらかな弾力。

「んひぃうぅぅんっ！」

二つの乳房の先端から同時に、違った快感が突き刺さってくる。薄汚れた壁に背中をこすりつけて、奈々香は仰け反ってしまう。今は触られていない膣穴まで、ムズムズしてくる。

何気なく、奈々香は眇めた目でドアの上を見た。小さなレンズが、嬲られる自分を撮影し続けていた。

（……死ぬほど恥ずかしいのに……見られてると、どんどんムズムズしてきちゃう……わたし、ヘンになっちゃった……）

急に鯰江が、ブラウスの両肩を真上から押さえつける。逆らうことなく、奈々香はゆっくりと腰を下ろしていく。

男の太った腹が、少女の目の前に迫る。Yシャツのボタンがはち切れそうだ。

「ズボンからチ×ポを出しなさい」

頭上から、鯰江の冷酷な命令が聞こえてくる。一瞬、奈々香の動きが停止した。

頭の中で、ぐるぐると色々な思考が渦巻く。

（……う、うそ……男の人のアソコなんて、そんな……触ったこともないのに……）

空唾を飲み込んで、奈々香は中年男のズボンを凝視する。ジッパーのある前の部分が、きつそうに盛り上がっている。

恐るおそる、幼さの残る両手を膨らんだジッパーに伸ばしていく。右手の人差し指と親指だけで、金具のつまみを下げようとした。なにか怖くて汚いものでも、つまむような仕草だった。

しかし、力がうまく入らなかったのか、勃起ペニスがジッパーを押していたせいか、スライダーが引っかかって、なかなか下げられない。

幼さの残る少女のおでこに、小さな汗が浮かんでいる。心を決めて、奈々香は左手でズボンの膨らみを押さえ、右手でジッパーを引き下げ始めた。

「……ふわっ……！」

か細い声で、奈々香は驚く。ズボンの下で硬くなっていた肉棒が、びくっと動いたせいだ。左手の下で、勃起ペニスが笑いを堪えているみたいだ。それでも集中して、徐々に、ジィッ、ジジジジッとスライダーを下ろしていく。

ようやくジッパーを最後まで下げることができた。ズボンの前は勝手にがばっと左右に開き、黒い布地を押し上げて男根がこんもりと盛り上がっている。

まだペニスは出てきていない。奈々香は、構造の知らない男性用パンツを、怯えつつあちこち触っている。猛った肉棒を、下着越しに撫でたりさすったりする。けれども、どうやって男根を外に出すのかわからない。

見かねた鯰江が、ボクサーブリーフの前開きの穴を拡げて見せた。ここから出せ、ということらしい。

怪しげな暗い穴に、そーっとローティーンの少女は手を伸ばしてみる。男の下着の中は生温かく、なんだか湿っているように感じた。

微かに汗ばんでいて冷たい少女の指の先端が、熱い剛直に触れた。驚いて手を引っ込めかけて、もう一度肉棒にこわごわと指先を伸ばす。

あどけなく白い指が、そっと男根を包む。勃起したペニスは、びくん、びくんと脈打っていて、熱くベトベトしていた。

奈々香は思いきって五本の指で竿を摑むと、そのまま下着の外に引き出した。

びぃん、と中年男のペニスが、奈々香に迫るように斜めに突き出した。むわっ、と酸っぱいような磯臭いような、アルカリ臭が立ち昇る。

(……こ、これが……男の人の、アレ……こんなのが、わ、わたしの膣中《なか》に……)

すぐ目の前に突き出された男性器に、奈々香は言葉が出ない。マジマジと見たことなど、一度も無い。筋肉質なキノコみたいだと思った。

突然、鯰江が半歩、近寄ってきた。

「……えっ?」

吐息のような小さな声で、奈々香は驚く。気恥ずかしさをにじませた瞳が、自分のなだらかな胸の膨らみを見つめる。

中年男の亀頭が、奈々香の乳房の先端に押しつけられていた。ニタついた口のような鈴口が、薄桃色の乳頭を咥えている。勃起して敏感な乳首が押されていて、甘い痺れが少し気持ちいい。

「……ぅ……あぁ……」

硬くなった乳首の先端から、ジンジンと甘い痺れが突き刺さってくる。少女の口から、思わずとろけそうな吐息がこぼれていた。

「パイズリでもしてもらおうかと思ったんですが……くふふっ、これはこれで、なかなか……」

ニヤニヤと、奈々香の乳房をへこませているペニスを見下ろしている。男は器用に腰を動かして、控えめな膨らみを下から上へと亀頭で撫で上げた。わらび餅のように、たぷたぷと弾む乳房の感触を愉しんでいる。

思春期のAカップバストながらも、下乳はぷっくらと丸く盛り上がり、ちょんと健気に薄桃色の乳首は突き出しており、美しい曲線と確かな張りを持っていた。

薄い胸を弄《もてあそ》ぶ背徳感に、中年男のペニスがますます硬くなる。すべらかでしっとりした肌の質感と、絶妙にやわらかな感触が、鈴口から伝わり射精欲をくすぐった。

鈴口から溢れた透明なガマン汁が、美少女の控えめな膨らみにすりつけられる。透き通るような白い乳房に、薄桃色に色づいた乳輪に、中年男の体液が塗りたくられていく。

奈々香は怯えと期待の入り混じった瞳で、乳房が責められるのを見つめていた。逃げることもなく、頬を紅潮させて乳首からの快感を受け止めている。

「奈々香ちゃん、喉は渇いてませんか？」

唐突に、鯰江は尋ねてきた。

「……い……いえ、別に……」

質問の真意がわからないが、奈々香は正直に控えめな声で答える。

「まぁ、そう言わずに。〝お水〟を飲んだほうがいいですよ」

不安定な体勢で腰を屈《かが》めていた少女の両肩に、男の手がのしかかる。慌てた奈々香は、咄嗟《とっさ》に鯰江のズボンを摑む。が、汚い個室の床に膝を付いてしまう。偶然にも、薄汚れた和式便器は避けることができていた。

「うむぅっ!?」

一瞬、何が起きたかわからない奈々香は、目を白黒させている。少女の口の中に生温かい物体が押し込まれていた。

無意識で舌を動かすと、その物体の先端は、ゆで卵のようにツルツルと丸い。真ん中あたりがくぼんでいて、左右二つに分かれた膨らみがある。物体の正体を確かめるように、少女の舌が右に左におどおどと動く。

「そんなに驚かなくても。僕のを咥えるのは、これで二回目ですよ」

意地悪い笑みを浮かべて、鯰江が見下ろしている。

(えっ、なにを言ってるの？……わたし、こんなこと、したことないのに……？)

混乱と戸惑いを瞳に浮かべて、奈々香は自分の口に視線を落とす。少女の口内には、同年代の男子より耳年増な十代の少女たちは、フェラチオという言葉をこっそり知っている。おぼろげながらも、それがどういう行為なのかも大体知っている。中年男の勃起ペニスが押し込まれている。

けれども、それが何の目的でするものなのか、までは知らなかった。

「……んぶっ！　ぐぶっ、んぶぅっ、ぐぶぅっ」

小ぶりな美少女の頭を両手で摑むと、鯰江は腰を振り始めた。小さな口の中に、中年男の肉棒が何度も突き入れられる。奈々香は何か言おうにも言葉にならず、卑猥な音だけが口から溢れ出る。

すぐ目の前に、中年男の陰毛だらけの股間が見える。そのおぞましい物体が繰り返し、ぶつかりそうな勢いで迫ってくる。思わず目を閉じてしまう。

「サヤマさぁん、これ、ちゃんと撮ってますかぁ？」

ドア越しの男子高校生に、鯰江は呼びかける。

（……あっ、やばっ……彼はまだ撮影してたんだった……やめて、やめてっ、こんな、みっともないトコ、撮らないでぇ……）

奈々香は視線だけを動かして、ドアの上を見ようとする。しかし、中年太りの鯰江の身体に邪魔されて見えない。

ふいに、じぃぃぃぃぃんと少女の膣の奥がだんだん熱くなってくる。責められている姿を見られていると思うと、どうしようもなく、女性器が疼いてしまう。幼膣の内側に血流が集まって、勝手に物欲しげに脈打ってしまう。

（……んぅ……また、わたしの身体が……エッチになってく……どうしよう……アソコが、すごく……ムズムズしてきて……またヘンになっちゃうぅ……）

男のズボンを握る手に、知らず知らず力が入っていた。あたかも、夢中になって鯰江の下半身にしがみついているように見えた。

少女の口内に唾液が溢れて、ピストン運動する屹立の隙間からこぼれ出る。はだけた白い胸元に、ぽた、ぽた、と滴り落ちる。

猛る肉棒が、より一層滑らかに少女の口内を前に後ろに往復する。テンポを上げて、奈々香の上顎や頬の裏に、やみくもにぶち当たる。頭を激しく揺すぶられて、くらくらしてくる。それでも、男のズボンにしがみつく。

何分経ったのか、全然わからない。ずっと口を開けたままなので、顎と首が痛くなってきた。

「くっ、くくっ、奈々香ちゃん、もうすぐ〝お水〟が出ますよぉ」

頭の上から、鯰江の楽しげな声が降ってくる。もう、なんでもいいから、早く終わって、と奈々香は願った。

すると今まで以上に、激しく乱暴に頭を前後に揺すぶられる。綺麗に整えられたポニーテールの黒髪が、少女の後頭部で狂ったように跳ね回る。

「んぅッ、ぐぶっ、んむぅっ、んんぶぅ！」

揺すぶられる頭の動きが、急に緩やかになった。どうしたの、と思った途端、どっぷぅぅぅっ!!　ずびゅびゅびゅっ、びゅうっ、びゅうっ！

唐突に奈々香の口内に、熱い液体が噴出する。鯰江のペニスだけでいっぱいなのに、そこに精液が大量に注ぎ込まれた。

屹立と少女の唇の隙間から、熱いスペルマがこぼれ出す。可憐な桜色の唇を、白く濁った粘液が垂れ流れる。どうしよう、と奈々香が迷っているうちに、どんどん溢れ出て、白い首にまで伝い落ちていく。

口を大きく開けているせいで、意外と喉だけでは飲み込みにくい。舌の上には、まだ中年男の肉棒がパンパンに膨らんで居座っている。

飲み込めなかった鯰江の精液が、喉から鼻腔の奥に侵入する。鼻の奥が、ツンと痛む。どうしようもなくて、奈々香は出された粘液を飲み込むことにした。

ずるりと少女の口から中年男の肉槍が引きずり出される。卑猥な白濁液をまとって、ぬめぬめしている。

「……うえほっ！　えほっ、えほっ、けほっ」

濃厚な精液にむせた奈々香は、出し抜けに激しく咳き込んだ。

奈々香の目の前に、精液にまみれた屹立が、ぐいと突きつけられる。鯰江は自ら肉棒をしごいて見せた。するとニタついた鈴口から、残っていた精液が勢いよく飛び出した。

苦しげに眉を寄せる美少女の頬に、唇に、鼻の頭に、白濁液が飛び散る。熱いスペルマが奈々香の肌を汚して、じわじわと垂れ落ちていく。

（……この匂い、この味……なんだか、キャベツの芯みたいな味……っ！　思い出した……そう、こ、これは……）

いつか田舎の雑木林で嗅いだような匂い、磯臭いようなアルカリ臭——あのときも鯰江は〝お水〟をくれると言っていた。

やっと奈々香は理解した。あのマジックミラーの試着室で、鯰江がくれた〝水〟は精液だったのだ。知らなかったとはいえ、すでにあのとき、不用心にも飲まされていたことに、逃げ出したくなるくらい恥ずかしくなる。

ただ想像していたより苦くなく、むしろどちらかと言えば甘いかも、と奈々香は感じていた。

美少女の内ももを音もなく、透明な蜜が一筋、滑り降りていく。

むき出しの幼唇からは、淫らで甘酸っぱい発情臭が漂っていた。


くちゅりと卑猥な蜜音がする。

すでに熱く潤んだ幼膣に、中年男の指先が潜り込んでくる。

タイル地の壁に背を押しつけた奈々香は、つらそうに眉を寄せる。

「……んあぁっ……あ、はぁぁぁぁっ……」

紅潮した顔を伏せたまま、奈々香は昇《のぼ》り詰めそうな湿っぽい吐息をこぼす。ザラつく指先が入っただけで、こんなに熱く焦がれてくるなんて、と自《みずか》らの身体の反応に少しだけ自己嫌悪になる。

「おやぁ？　まだ挿入《い》れてないのに、こんなグチョグチョになってますよ」

口の端を吊り上げて、鯰江は得意げに笑んでいる。

「……だ、だって……その……くふぅぅんっ、あぁっ」

男子高校生に撮影されているのに、いや、撮影されているせいで、いちだんと膣内の感度が増して、奈々香は甘えたような嬌声をあげる。太い指先が少し動いただけで、膣壁に熱く痺れるような電流が走る。清涼感の強いかゆみ止め薬が塗りつけられているみたいだ。

「どうしたんでしょうねぇ。もしかして体調が悪いんですか？　きょうは、やめたほうがいいでしょうか？」

わかっているのに、鯰江は焦らすようなことを言ってくる。

「い、いやっ、だめっ……あっ、はぁあっ……やっ、だめ、あぁっ」

つい奈々香は口走ってしまう。膣穴の疼きが抑えられない。男の指じゃなくて、もっと太くて硬いもので引っ掻いてほしい。

「やっぱりだめですかぁ。それじゃ、きょうはお終《しま》いにしましょうか」

まだ、鯰江はとぼけた風な口を利く。奈々香は我慢ができなくなっている。

「やっ、だめっ、そんな……あぁっ、くふぅっ……や、やめないでっ」

恥ずかしいお願いが、美少女の口からこぼれ出す。焦燥感にも似た情欲が、下腹部から沸き上がってくる。一刻も早く、挿入れてほしくてたまらない。

「なんですか？　本当にチ×ポで犯してもいいんですか？」

卑猥な言葉で中年男は焦らしてくる。いつもは無理やりでも犯してくるのに。

「んあぁっ、はぁっ、んっ……は、は、はい、んくぅ……」

頬を桜色に染めて、奈々香は返事をする。けれども、

「え？　よく聞き取れなかったですねぇ。もっとハッキリ言ってくれないと」

どこまで焦らすつもりなの、と奈々香は待ちきれなくなってしまう。

「お、お、おっ、犯して……犯して、くださいっ、お、おね、お願い、しますっ」

ポニーテールの美少女が淫らなお願いを口にする。潤んだ切なげな瞳で、中年男を見つめる。頬を染めた上目遣いの奈々香は、すがりつくように懇願した。

垂れた精液の跡が、頬を濡らす涙のように見える。

「わかりました。サヤマさん、今のしっかり撮れてましたよね？」

ドアの向こうの男子高校生に鯰江は確認する。ややあって、遠慮がちな声で「はい……」と言う声が聞こえてきた。

（……は、恥ずかしいぃ……あのサヤマっていう男子にも、聞かれちゃった……わたしが、淫《みだ》らなお願いをするのを……）

耳が熱くなるのと、ときを同じくして幼膣の奥も熱く火照ってくる。だめっ、恥ずかしいけど、ムズムズがおさまらないの……奈々香は無意識のうちに、両膝をモジモジこすり合わせていた。こうすると陰唇同士もこすれ合って、少しだけ気持ちが紛れる。

「じゃあ、奈々香ちゃん。自分でオマ×コを開いてください」

「……えっ……あ……は、はい……」

卑猥すぎる命令に一瞬だけ言葉を失うが、奈々香は鯰江の言うとおりに動いた。抵抗するのは時間の無駄だし、もう膣穴の疼きが止められなかった。早く挿入してほしい一心で、ローティーンの少女はおずおずと白い指先を股間にあてがい、人差し指と中指で大陰唇をゆっくり開いていく。

つるりと滑らかな少女の素肌と正反対に、恥裂の内側は淫猥なヒダが無数に折り重なっていた。鮮やかな中トロのようなヒダヒダが、淫蜜に濡れている。チェリーピンクのアワビの上端には、密かに勃っていたクリトリスが覗く。

外気に晒されたせいか、男の視線を感じたせいか、媚肉の表面がチリチリしてくる。

「くくっ、相変わらずキレイなオマ×コですねぇ。それで、どうしてほしいんでしたっけ？」

まだ鯰江は焦らしてくる気らしい。そんな扱いを受けていても、奈々香の官能は熱く痺れてしまう。いやらしい中年男にひどいことをしてほしくて、たまらない。

「……あ、あの……な、鯰江さんの……お、お、おチ×チンを……い、挿入れて、ください……」

顔を真っ赤にして、淫らなお願いをする。男性器の名前を口にするのは、やはり恥ずかしかった。それでも、膣穴のムズムズ感に我慢ができない。

「しようがないですねぇ。じゃあ、目を閉じなさい。挿入れてあげますから」

わざとらしく呆れたような口調で言ってくる。やっと膣の疼きが抑えられる、と奈々香は素直に瞼を閉じる。

「……あ、ふぁぁぁぁッ！」

一オクターブ高い歓喜の声を奈々香はあげた。ムズムズ疼いていた膣壁をこすって、カチカチのものが侵入してくる。硬い異物とこすれ合って、少女の敏感粘膜は炭酸飲料のようにシュワァッと弾ける。

異物に引っ掻かれると、火照った膣粘膜から快感が沸き上がる。二度、三度と、出し入れをされると、そのたびに心地いい満足感が刹那に訪れる。もっと、もっと激しく抜き差ししてほしい——奈々香は小刻みな喘ぎ声をあげながら、願ってしまう。

でも、なんだか違う気がする。膣穴の圧迫感が少ない。物足りない。

「……あ……あの……」

うっすらと目を開けた奈々香は、やや不満げに問いかける。確認するために、視線を自分の股間に向けた。

恥裂に刺さっていたものは、またしても例の油性ペンだった。

「くふふっ、バレてしまいましたか。やっぱり、本物のチ×ポのほうが好きですよね」

悪びれもせず言うと、鯰江はズボンと下着を脱ぎ去り、個室の壁に引っかけた。どうやら、トイレの床でズボンを汚したくないらしい。

大儀そうにしゃがみ込んだ鯰江は、少女の股間をギラついた目で見上げる。ほとんど無毛の割れ目の真ん中に、油性ペンが一本ペニスのように生えている。男はゆっくりとした動作で、左右にひねりながらペンを引き抜いていく。

敏感な膣壁がペン軸にこすられて、それだけの動作でも心地いい。奈々香は声が出ないように、口をきつく結んでいた。

両膝の下あたりで丸まっていたショーツに、鯰江の手が伸びた。するっと簡単にずり下げられた下着を、片脚ずつ抜いていく。奈々香は気が進まなそうな表情をしているが、実は、もう待ちきれない思いでいっぱいだった。

「……きゃっ」

鯰江は細くきゃしゃな腕を後ろに回すと、奈々香を個室の壁に押しつけた。はだけた乳房がタイル地の冷たい壁に当たる。男は、尿に濡れたショーツで少女の両手首をぐるぐる巻きにする。

「……な、なに、する、んですか……？」

弱々しく奈々香は、背後の男に尋ねる。微かな期待感と今さらな嫌悪感を、少しもにじませないように気をつけて訊いた。

「くふふっ。ほら、こうしたら、誘拐してきた美少女を無理やり犯してるみたいじゃないですか」

短いタータンチェックのスカートの下からは、白く透き通るような肌の桃尻が下半分ほど見えていた。淫靡な割れ目が無防備に晒されている。

白の半袖ブラウスからは細い両腕が伸びて、後ろで窮屈そうに束ねられていた。両手首は、短めのスカートに覆われたお尻の上あたりで縛られている。顔を横に向けた美少女の目は、怯えたような、すがるような目をしていた。

奈々香は、一瞬だけ〝誘拐〟という言葉に犯罪の恐怖を抱いた。しかしすぐに、後ろ手に縛られて身動きがとれない状況に、被虐的な昂《たかぶ》りを感じていた。幼さの残る膣穴が切なく焦がれ始めている。

「……そ、そうな、ん……ぅはぁあぁぁっ！」

戸惑った返事の最中に、中年男のペニスが幼膣にねじ込まれた。感極まって、奈々香は嬌声をあげてしまう。猛々しい肉槍の摩擦で、チリチリと不完全燃焼だった敏感粘膜に火がつく。熱い情欲が燃え上がる。

（……わたし、また、犯されてる……すごくイヤなのに、すごく感じちゃう……）

紅潮した頬を冷たい壁に押し当てる。乱暴な挿入なのに、なぜだか気持ちよく感じてしまう。

やわらかくヌルヌルの膣ヒダが、中年ペニスにしがみつく。膨らんだ亀頭に、筋肉質な肉竿に、一斉にまとわりつく。鈴口を、カリ首を、裏筋を、愛しげに包み込む。美少女群がるように集まる少女の媚肉を、誇らしげに亀頭が掻き分けて突き進む。

の粘膜と中年男の粘膜がこすれ合って、燃えそうに熱い快感が爆ぜる。

へし折れそうなくらい薄く細い腰を、中年男の両手ががっしりと掴む。突き出された小さなお尻は、短いスカートをまくり上げられて、性玩具のごとく荒々しく前後に打ち揺さぶられている。

「あぁっ、ふぁぁぁんっ……ん、くぅっ……あッ、あぁっ、ぅはぁっ」

中年男のカリ首に膣壁を引っ掻かれ、突き入れられるたびに、奈々香は喘ぐ。はしたない声を抑える気持ちなど無くなっていた。むしろ、誰でもいいから淫らに悶える自分を見てほしい、とすら思っていた。

「くっ、くくっ、奈々香ちゃんは、バックが好きみたいですねぇ」

鯰江の卑猥な詮索に、答える余裕は奈々香には無かった。思春期の少女は、いつも以上に感じてしまっていた。それは、いつもペニスが当たる場所と違うスポットを、猛烈に責められているせいだ。後背位での挿入は始めてだった。

熱く硬い肉槍が、自分のお腹の中にまで侵入してくる。下腹部の奥に張り裂けそうな圧迫感があるが、それ以上に背筋が痺れそうなほどの快感電流が全身を駆け巡る。

奈々香のきつく閉じた瞼の端に、熱い涙の粒が浮かぶ。

一般的な成人男性と比べても、さほど大きめではない鯰江のペニスが、いとも容易くローティーンの膣奥に叩き付けられる。未成熟な膣道は短く、中年男の亀頭先端は少女の弾力のある子宮口にめり込んでいた。

硬く閉じた瞼の裏が、ふいに真っ白に爆ぜる。子宮から伝わる重い振動が、奈々香に新しい快感を覚えさせる。気が遠くなるくらい、大きく重い情欲がお腹の奥から突き上がってくる。瞼の裏では、赤紫や黄緑や青紫の星々がチカチカ明滅している。

（……な、なんなの、これっ……こんな感覚、初めて……すごい、すごすぎる……っ）

未経験の巨大な快感の渦に、奈々香は溺れていた。

ニヤけた鯰江の指先が、そろりと少女の股間に伸びていく。包皮から顔を出したクリトリスを、きゅっと強めにつまんだ。

「はぁっ、ああっ、んはぁっ、あッ！　ふぁあぁぁぁぁぁぁぁッ!!」

喉の奥から、悲鳴に近い嬌声を奈々香はあげる。ビクンッと大げさに見えるくらい、ポニーテールの肢体が仰け反った。個室の壁に頬と乳房を押しつけて、発作のように身体を震わせている。

次第に全身の力が抜けて、身体中に温かい充足感が巡っていく。とろんとした顔を壁に押し当てたまま、奈々香は忙《せわ》しげに肩で息をしている。

「おやおや、一人でイッてしまいましたか。しようがない子ですねぇ」

まだまだ余裕がありそうな鯰江は、優越感に浸った目で絶頂中の少女を眺めている。子供っぽさを感じさせる小ぶりな白いお尻が、無防備に露出していた。恥ずかしげにすぼまったアナルの穴まで、さらけ出していることに奈々香は気づいていない。

「くくっ、まだまだ終わりませんよ」

脱力した少女の尻肉を摑むと、ピストン運動を再開させる。鯰江の勃起ペニスは、まだ奈々香の膣内に挿入されたままだった。

硬直したようにきつく吸いついたままの幼膣を、亀頭ドリルを往復させて貫いていく。絶頂したばかりで、ありえないほど敏感になった膣ヒダを、容赦なく何度も突き上げられる。媚肉の隙間から、泡立つ愛蜜がペニスの圧力で溢れ出る。

「あッ、ふぁあっ、んくぅっ、はぁぁっ、やっ、だめっ、そんなっ、あぁッ」

中イキで恍惚状態の奈々香に、さらに次の快感電流が追いかけてくる。充分、幸福感に浸っているのに、まだ女陰は貪欲に快感を受け入れようとしている。これ以上、気持ちよくなったら、本当に頭がおかしくなっちゃう――奈々香は怖くなった。

絶頂中の連続快感で、少女の括約筋は緩んでいた。綺麗な小豆色に染まったあどけないアヌスが、僅かに口を開けている。

ゆったりとした動きで抽送を続ける鯰江を、奈々香は少し不審に思った。いつもなら、息もできないほどめちゃくちゃに突き上げてくるのに、今だけは優しいというか散漫というか、穏やかにペニスを抜き差ししている。

そのうち奈々香は、もぞもぞと陰唇の縁を、なにか小さめのものがなぞっていることに気づいた。少しだけ疑問に思ったが、まだ頭の中が幸せすぎて、わざわざ確かめようとは思えなかった。

「……はぁっ、あぁっ……んっ、あっ、あぁっ……んふぁぁあぁッ⁉」

しどけない喘ぎ声の途中で突然、甲高い悲鳴を奈々香はあげる。何が起きたのか、まったくわからない。いきなり予想もしていなかった所に、硬く冷たいものが、ぐりぐりっと突き刺された。

不要物を排出するだけの器官に、逆に何かが押し込まれている。奈々香は、そこに座薬すら入れたことは一度も無い。まったく意味がわからない。

「いやッ、やめてっ、やっ、か、はぁぁぁ、ぁ、ぁ……」

あまりに未経験な違和感と圧迫感で、言葉が途切れる。少女の口からは絞り出すような息が吐き出されている。まさか肛門を責められるとは、想像もしていなかった。

「くふふっ、この穴も、なかなか良さそうですねぇ」

いやらしくニタついた鯰江は、聞きたくもない感想を述べている。美少女のアナルを、愛蜜で濡らした油性ペンで、ぐぅりぐぅりと、こじ開けていた。

苦しげな秘門の皺が縦に、横に、好き勝手に引き延ばされる。奈々香は膣穴と肛門の両方から突き刺されて、呼吸をするのもつらい。涙を浮かべ大きく口を開けて、痛みに悶えている。

むちゅ、くちゅ、と微かな粘着音が、小さなアナルから聞こえる。白いペン軸には、ところどころ鼻血のような鮮やかな赤い血液がこすりつけられていた。肛門が切れていた。

「やッ、だめっ、や、やめてっ……」

なんとか声を出して、奈々香は懇願する。と、あっさりと鯰江は、アナルから油性ペンを抜き去った。助かった……と安堵した途端、

「かぁっ……はぁっ、い、いたッ、痛いッ痛いッ」

まるで早口言葉のように、何度も「痛い痛い」と奈々香は泣き叫んだ。白いうなじを目いっぱい反らして、頬を壁に押しつけている。

「くくっ、いい加減、大人しくしなさい。泣いても無駄ですから」

額に汗を浮かべて、鯰江は無理やり勃起ペニスをお尻の割れ目に押し込もうとして

いた。しかし、小さな秘門はへこむばかりで、頑《かたく》なに抵抗している。

一向に諦める気配のない中年男は、少女の細腰をがっしりと強く摑みなおし、慎ましやかなアスタリスクの皺を赤黒い亀頭でこじ開けていく。

亀頭ドリルの掘削が二十数回目を超えたとき、突然カリ首が、ずむっと熱い腟内に突き刺さった。

「いッいやぁぁぁぁぁぁあぁぁぁぁぁッッッ!!」

ローティーンの少女の絶叫が狭い個室内に響く。肛門内に、ありえない激痛と膨張感が突き刺さる。下腹部が重苦しい。固く閉じた瞼から、熱い涙が次々流れ落ちる。

尻毛すら生えていない白い桃尻の割れ目に、土色の肉柱が突き立てられている。

「いや……いやぁ……あ、あッ……あ、く、くぅぅぅぅ……」

じりじりと中年男の硬い肉棒が、少女の腟内を逆流してくる。あまりの圧迫感に、奈々香は息が止まりそうになっていた。喉の奥から苦しげな声が漏れる。

排出にしか使っていなかった器官に、太く硬い異物が押し込まれる。腟内は勃起ペニスを熱く締めつけ、侵入を拒む。

菊門は処女膣以上に狭いが、粘膜に覆われた腟内は意外なほど抵抗が少なく、つるりとしていた。少女のアナルは鯰江の亀頭を呑み込み、さらに竿のあたりまでめり込ませていく。奈々香は身体中を小刻みに震わせて、痛みと違和感に耐えていた。

するど突然、腔内を引きずり出されるような感覚に襲われる。

「……あっ、はぁっ……あ、あ、あ、あぁぁっ……」

ブルッと大きく一度、奈々香の身体が震えた。全身が鳥肌に覆われる。腔内から背骨を貫き、脳にまで達する妙な感覚。気持ち悪いのか、気持ちいいのか、未経験で判断できない。排便時の感覚に似ているが、それ以上の違和感だった。

つるつるの腔内を、中年男のカリ首が引っ掻いて後退していく。敏感な粘膜が燃えそうに熱い。そして次第に、妙な解放感と充実感が拡がってくる。

「……あっ、あぁ……あぁぁぁ……」

冷たい壁に顔を押し当てて、奈々香は安堵したような吐息を漏らす。嫌なはずなのに、どこかスッキリしたような気分になる。

カリ首がアナルから抜ける直前に、鯰江は再びペニスを腔内に突き入れた。またも、奈々香の悲鳴が個室内に響く。息もできない圧迫感が押し込まれてくる。

中年男のペニスに肛門内を蹂躙されて、奈々香は被虐的な悦びを感じ始めていた。

両腕を縛られて、好き勝手に犯されていることが、嬉しくなってくる。

悲鳴を何度もあげながらも、思春期の美少女は犯される快感を覚えていた。放置されている膣奥が、ジンジンと脈打っている。恥裂から、どろりと粘っこい愛液が内ももに垂れていく。

（……はやく……早くっ、あ、アソコに挿入《い》れてほしい……もう、熱くて熱くて……我慢できない、の……お、お願い……早くぅ……）

狭い腔内をゆっくりゆっくりと前後にえぐるペニスが痛いくらい重い。ぐぷっ、ぐぷっと卑猥な音がお腹に響く。けれど奈々香は、膣奥の疼きを懸命に堪《こら》えていた。

幾分、大人しくなった少女に面白さを感じなくなったのか、鯰江が屹立をあっさりと引き抜く。また、奈々香の身体が、ブルッと大きく震えた。

「アナルもなかなかの締めつけですが、ちょっとキツいですねぇ」

満足しているのか不満だったのか、わからない感想を中年男は独りごちる。さて、今度はオマ×コを、などと誰かに説明しつつ、ほぐれた陰唇に亀頭をあてがう。

「サヤマさぁーん、しっかり撮れてますかぁ？」

鯰江は、ドアの向こうの男子高校生に問いかけた。ところが一向に返事がない。二回ほど呼びかけたが、やはり返答がない。いつの間にか、高校生はいなくなっていたらしかった。

「くふふっ、高校生には刺激が強すぎたでしょうか」

下品な笑いを漏らして、鯰江は大きな独り言を言っている。撮影していた男子高校生がいなくなって、奈々香は少し口惜しく思っていた。乱暴に犯される所を、もっと見ていてほしかった。

「……あッ……あぁっ、ん、ぅふぁぁぁぁぁっ！」

ずぷずぷとやわらかい蜜穴に、肉槍が容易く沈んだ。少女の膣内は潤みきっていた。熱くとろけて、中年男の勃起ペニスを待ち望んでいた。

健気で小さな膣穴を押し拡げて、熱くて重い肉の塊が侵入する。疼き続けていた膣ヒダが痛いくらい摩擦されて、たちまち快感電流が暴発する。

きつく閉じた瞼の裏で、真っ白な閃光が弾けた。奈々香は背筋を反らせて、ビク、ビクッと痙攣する。

「おやぁ？　まさかチ×ポを挿入《い》れられただけで、イッたんじゃないですかぁ？」

見透かしたような不気味な笑みを浮かべて、鯰江は尋ねてくる。恥ずかしくて、気持ちよくて、奈々香は答えられない。指摘されたとおり、ペニスの先端が挿入されただけで、軽くイッてしまっていた。

（……い、言わないでよぉ……だって……ホントに、気持ちよかったんだから……）

後ろ手に縛られて、獣みたいにお尻からペニスを突き刺されている、それを想像しただけで膣の奥がムズムズ熱くなってくる。もっともっと、奥のほうを小突いてほしくてたまらない。

「……あっ、あぅっ、あぁんっ、あぁっ、はぁぁっ」

熱く硬い肉棒が潤んだ膣穴に、ずりゅ、ずりゅ、と分け入ってくる。少女の膣ヒダはやわらかくうねり、亀頭粘膜の全体を熱くこすり上げる。鈴口も、カリ首も、裏筋も、まんべんなく撫で上げていく。

男が軽く腰を引くと、蠢《うごめ》く膣ヒダが引き止めるように一斉にしがみついた。挿入時と逆の方向に、亀頭粘膜も肉竿も摩擦していく。鯰江の息が荒くなる。

しっかと少女の細腰を摑みなおし、抽送のペースが次第に速くなっていく。

黒ずんだ土色の肉棒が真っ直ぐに、幼さの残る割れ目に突き刺さる。ぬちょ、ぐちゅ、ぬちゅと粘っこい水音を立てて、何度も屹立が美少女の蜜穴を出入りして、泡立った愛液を滴らせる。

鯰江のペニスの形を覚えた幼膣は、カリ首に引っかかり、鈴口をこすり上げ、激しく動く肉槍にぴったりと密着していた。敏感粘膜どうしがこすれ合って、焦燥感に似た甘い快感電流がチリチリとざわめく。

「あぁっ、ぅふぁぁっ、はぁぁっ、ひゃあぁぁぁッ!!」

可愛らしい声で喘ぐ奈々香は、驚いた声をあげた。まったく意識していなかったアナルに、硬いものが、ぐりっ、と刺さっている。また鯰江が油性ペンを突き刺していた。

「くっ、くくっ、奈々香ちゃんにシッポが生えましたよ」

真っ白な双臀の割れ目に、ピンと突き立つペン軸を眺めて、鯰江が笑う。

もう奈々香には、嫌がる余裕さえ無かった。

膣穴には中年男のペニスが押し込まれ、お尻の穴には油性ペンが突き刺さっている。二つの穴をぎゅうぎゅうに塞がれて、穴が一つにつながってしまいそうに痛い。

たまらなく痛いのに、それが逆に気持ちいい。中年男のオモチャになって弄ばれていることが、膣奥をじゅんじゅんと熱くさせる。

(……あぁっ……す、すごいっ……わたし、めちゃくちゃに犯されちゃってる……まるで、奴隷みたい……でもでも、これ、気持ちいいのっ……)

男の右手が、少女の控えめな胸に伸びる。Aカップの下乳を揉み上げつつ、淋しげに勃った乳首を、きゅっとつまむ。

「あぁっ、あぁうっ、ひゃあぅッ！　あぁんっ、はぁうっ、あぁっ」

乳頭の先端から、甘いのに鋭い痛みと快感が突き刺さってくる。三箇所から同時に、熱い刺激が送り込まれてくる。処理しきれない淫欲の大渦にもみくちゃにされて、奈々香の頭の中は混乱してしまう。しなやかなポニーテールが左右に振り乱されている。

がむしゃらに打ちつけてくる亀頭の先端が、ぷつぷつと泡立った膣粘膜をこすり上げた。たちまち、少女の全身に熱くて冷たい電流が走る。

「ぅあぁぁぁんッ!!」

冷たい壁に頬をこすりつけて、奈々香は大げさなくらい仰け反った。続けて、弾力のある子宮口に、熱く重い亀頭がめり込む。またも、奈々香の身体は跳ね上がる。

「くくっ、可愛い奈々香ちゃんに、僕の子種を植えつけてしまいましょう」

はぁはぁと息を切らせつつ、鯰江は下品な宣告をする。

「あぅっ、はぁっ、ふぁぁっ、んあぁっ、はぁっあぁっあっあぁっ」

息継ぎもできないくらい、美少女は昇《のぼ》り詰めそうな嬌声をあげ続ける。

何度も何度も、張り詰めた亀頭が子宮口を連打する。膣の最奥から、重くて痺れそうな快感が響いてくる。

閉じた瞼の裏が真っ白になって、様々な色の小さな光の粒が明滅する。

「奈々香ちゃんだったら、誘拐してもいいかもしれませんねぇ」

どこまで本気なのかわからない、鯰江の声が聞こえる。
奈々香は息を吸いながら、裏返った喘ぎ声をあげる。返事をする余裕なんて無い。
普段は陥没している乳首が敏感すぎて、つまれると飛んでいきそうになる。
さらに子宮口を突き上げられると、意識がなくなりそうになる。
秘門に突き刺さったままの油性ペンの痛みすら、気持ちいい。
どうにかなってしまいそうな焦燥感が高まってくる。
早く、早くイッてしまいたい……お願いだから──イカせて欲しい……。
喘ぐ口を、なんとか閉じて、奈々香は空唾を呑み込む。
「そろそろ出しますよ。しっかり味わいなさい」
中年男が射精宣告をしてくる。奈々香は、それを待ちわびていた。
意識が飛びそうな快感の連鎖を抑え切れない。
外でも膣中《なか》でもいいから、早く射精してほしい。
膣ヒダと子宮口をえぐる肉槍が、乱暴なスパートをかける。
美少女は頭をガクガク震わせて、切れ切れな嬌声をあげる。
奈々香の内側で、堪えきれない焦燥感が膨れ上がる。
ふいにペニスが動きを止める。ドクン、という振動が膣穴から響く。

疼く子宮の中に、焼けそうに熱いスペルマが注ぎ込まれた。

どびゅびゅっ!!　ずびゅびゅびゅうううっ！　びゅっびゅびゅっ……。

奈々香の身体の芯を、突き刺すように熱いマグマが駆け上がる。

「……はぁッ……ん、くぅふぅぅぅぅ……ふぁあぁぁぁぁぁッッ!!」

初めて膣内射精されて、奈々香は思いがけず二重に絶頂してしまう。

中年男の精液がローティーンの膣粘膜に、じゅんじゅんと染み渡る。

少女の細い手脚がピンと硬直し、小さく痙攣している。

浅い息を繰り返し、心臓はドクドクと騒ぎ立てている。

(……あ、あぁ……な、膣中《なか》に出されちゃったぁ……でも……)

頭がクラクラするくらい、幸せな気分になっていた。

ショーツで縛られた手首の、か弱い指の先までジンジンと熱い充足感が巡っている。

全身がとろけそうに気持ちいい。脱力した身体を、冷たい壁に押し当てた頬で支える。半開きになった唇からは、まだまだ忙しげな息が吐き出されている。

「くくっ、思ったよりいっぱい出ちゃいましたねぇ」

額を汗だくにした鮨江が、ゆっくりと腰を引いていく。だが少女の蜜穴は、未練がましく肉棒に吸いついて、離れたがらない。尿道に残ったスペルマすら欲《ほっ》しているかのように。

「おやおやぁ。奈々香ちゃんは、まだ足りないみたいですねぇ」

白々しく鯰江が見抜いてくる。奈々香は充分満足しているはずなのに、身体のほうは中年男の精液をまだ求めているみたいに思えた。

ずるりと半勃ちのペニスが引き抜かれると、楚々とした幼唇から白く濁った粘液が溢れ出した。個室の汚い床に、ぼたぼたと精液が垂れ落ちる。

中年男は、力の抜けた奈々香の小柄な身体を引き寄せ、自分のほうを向かせた。可愛らしい少女は、とろけた視線を虚《うつ》ろに漂わせている。淫らなお願いをしているようにも見えた。

後ろ手に縛られたままの奈々香は、顔を両側から掴まれる。そのまま鯰江は、自らの股間へと持っていく。精液まみれの半勃ちペニスを、少女の目の前に突きつける。

「もっとしてほしかったら、チ×ポをお掃除しなさい」

陶然としたまま奈々香は口答えもせずに、ぬらぬらの屹立を従順に小さな口内に押し込んでいく。口いっぱいになった肉棒に、舌をまとわりつかせる。

少女の唾液が溢れてくる。迷うことは、何も無かった。

＊

自転車を押しながら、奈々香は夕方の校門を出た。

昨日からお尻の穴が痛くて、サドルには座りたくなかった。

膣の穴にも、まだ太くて硬いものがずっとはまっている感じがする。

（……ああ、もう、恥ずかしいっ……昨日の晩は、わたし、どうかしてたわ……あ、あんなエッチなこと……もう、ぜったい絶対、し、しないんだから……）

奈々香はフェラチオをしたあと、さらにもう一度膣中出しをされていた。二回目も子宮の中に、鯰江の熱い精液を注ぎ込まれた。何度も絶頂してしまった。

気持ちよかったのは事実だ。だが、自分が嫌になるくらい後悔していた。やっぱり、あんな淫らな行為はいけないものだと、思春期の倫理観が最終警告している。

両親にもクラスメイトにも相談できっこない。こうなったら、なんとかして示談金を待ってもらうようにお願いしよう、と思った。誰も頼りにならないし、どう説得するのか、まだ何の考えも思い浮かんでこないのだけれども……。

あれこれ悩みつつ歩いていると、道路の先に見覚えのある白いワンボックスカーが停まっているのが見えた。

鯰江の車に気づいた奈々香は、慌ててくるりとターンして、反対方向に逃げるように歩きだした。思春期の少女の頬は、少しだけ赤く染まっていた。

（……で、でも……あれ、気持ちよかった……）

ドキドキと胸の鼓動が高鳴る。下腹部の奥がじんじんと熱く脈打っている。

（あ、あれ……おかしいな……あの人のこと、イヤなはずなのに……）

イヤなことをされたのに、あの中年男のことを考えると身体が熱くなってくる。

――本当は心の奥で、鯰江を待っていたのかもしれない。

そう思い至ってしまうと、両親もクラスメイトも学校も、どうでもよくなった。

遠回りして逃げた道路の脇に、ちょうど公園があった。以前、自転車を置いたことのある公園だ。

奈々香は、そこに自転車を停めた。数秒だけ迷ったが、鍵はかけないで置き去りにした。それから、公園脇の水路にスマホを捨てた。水の中でデータは消えるだろう。

今さら、いつもの退屈な日常には帰れない。

お父さんとかお母さんとかクラスメイトとか、面倒な日常とつながっていたくない。

犯されているときに感じた充実感と幸福感は、日常には存在しなかった。将来、やりたいことも、したいことも、できることも、何にも思いつかなかった。

もう奈々香には、なにも、無い。

心を決めた奈々香は、白いワンボックスカーの後ろから近づいていく。運転席に鯰江が座っているのが見えた。

まだ示談金が残ったままだから、という形だけの理由で自分を説得して、奈々香は歩を進める。心なしか、ローファーの足取りが軽い。

（……またエッチなことされて、今度は誘拐されるかもしれないのに……）

変なの、と内心思いながらも、なぜか口元が緩んでしまいそうになる。

羞恥と期待で、膣壁が熱く火照ってきた。むず痒くてたまらない。早く犯されたい。

ドアノブに手をかけた。スライドドアが軽く滑る。

新しい世界は、あっけなく門戸を開いた。

いやらしい中年男にローティーンの美少女は声をかけて、車内に乗り込む。

もう、いつものつまらない日常には戻らない。

美少女のショーツは期待に濡れていた。


（了）

◎本作品の内容はフィクションであり、登場する個人名や団体名は実在のものとは一切関係ありません。

◉新人作品**大募集**◉

マドンナメイト編集部では、意欲あふれる新人作品を常時募集しております。採用された作品は、本人通知のうえ当文庫より出版されることになります。

【応募要項】未発表作品に限る。四〇〇字詰原稿用紙換算で三〇〇枚以上四〇〇枚以内。必ず梗概をお書き添えのうえ、名前・住所・電話番号を明記してお送り下さい。なお、採否にかかわらず原稿は返却いたしません。また、電話でのお問い合せはご遠慮下さい。

【送付先】〒一〇一‐八四〇五 東京都千代田区神田三崎町二‐一八‐一一 マドンナ社編集部 新人作品募集係

幼唇《ようしん》いじり《いじり》ひどいこと《ひどいこと》、しないで《しないで》……

二〇二三年三月十日 初版発行

著者◉瀧水しとね【たきみず・しとね】

発行◉マドンナ社
発売◉二見書房
東京都千代田区神田三崎町二‐一八‐一一
電話 〇三‐三五一五‐二三一一(代表)
郵便振替 〇〇一七〇‐四‐二六三九

印刷◉株式会社堀内印刷所 製本◉株式会社村上製本所 落丁・乱丁本はお取替えいたします。定価は、カバーに表示してあります。

ISBN978-4-576-23015-3 ◉Printed in Japan ◉©S.Takimizu 2023

Madonna Mate